長編小説

ふしだら森の未亡人

葉月奏太

竹書房文庫

目次

第一章　謎めく未亡人　5
第二章　淋しい美姉妹　58
第三章　濡れ光る森　109
第四章　未亡人のお願い　173
第五章　最後は一緒に　231
エピローグ　274

※この作品は竹書房文庫のために
書き下ろされたものです。

第一章　謎めく未亡人

1

湖をぼんやり眺めていた。

目の前にひろがっているのは、名前も知らない山の奥地にある、名前も知らない湖だった。

もうすぐ日が暮れようとしている。西の空は燃えるようなオレンジに染まっているが、その範囲が徐々に小さくなっていく。あたりには民家も商店も街路灯もないので、間もなく暗闇《くらやみ》に包まれるだろう。

多々良啓太《たたらけいた》はひとり湖の畔《ほとり》に立っていた。

周囲は鬱蒼《うっそう》とした森に囲まれている。遠くに見える山の稜線が物悲しい。ねぐらに帰るのか、夕日をバックにカラスが三羽飛んでいた。

そのとき、静かな湖面に波紋《はもん》がひろがった。ひとつ、ふたつ、みっつ……波紋が次々と生まれては重なり合っていく。

(雨か……)

傘は持っていなかった。

冷たい雨が薄手のブルゾンの肩を濡らすが、啓太は構うことなく水面を見つめつづけた。

胸のうちは絶望感でいっぱいだった。

あたりは薄暗くなっている。このまま湖に入ったら、すべてを終わりにできるだろうか。そんなことをぼんやり考えたときだった。

「冷えますね」

ふいに背後から声をかけられた。

高貴な楽器の音色《ねいろ》を思わせる、透きとおるような女性の声だった。

まさかこんなところに人がいるとは思いもしない。恐るおそる振り返ると、啓太は目を見開いて息を呑んだ。

一瞬、森の妖精に出会ったと錯覚した。

真っ白なワンピースを着て、白い傘をさしているため、薄闇のなかにボーッと浮かびあがって見える。黒髪のロングヘアを靡《なび》かせており、どこか憂《うれ》いを帯びたやさしげな眼差《まなざ》しを向けていた。

半袖《そで》のワンピースは膝が隠れる丈《たけ》で、大きな襟《えり》が特徴的だ。クラシカルなデザインだが、落ち着いた雰囲気の彼女には似合っていた。

森閑《しんかん》とした山奥で、これほど美しい女性を見かけるとは驚きだった。啓太よりも少し年上だろうか。とにかく、現実離れした輝きを放っていた。

「風邪をひきますよ」

彼女の声は穏やかだった。

見ず知らずの男なのに、まったく警戒する様子がない。それどころか、すっと距離を縮めて、傘をさしかけてくれる。レモンにも似た爽《さわ》やかな芳香が鼻先を掠《かす》めて、無意識のうちに深く吸いこんだ。

「やっぱり降ってきましたね。しばらく雨みたいです」

彼女は静かに語りかけてくる。山奥にひとりきりでいる男を見ても、怪しいと思わないのだろうか。

（この人、誰なんだ？）

啓太は不思議な気持ちで彼女の顔を見つめ返した。

いったい、どこから現れたのだろう。しかも、足もとはサンダルだ。山歩きをする格好ではなかった。

訝《いぶか》る気持ちが湧きあがる一方、久しぶりに人のやさしさを感じていた。傘をさしかけてもらっただけで、胸がじんわり温かくなった。

彼女の瞳に自分はどう映っているのだろう。

スニーカーにジーパン、チェックのシャツにブルゾンを羽織り、小型のショルダーバッグをさげている。山歩きをしていたと言っても、さほど不自然な格好ではないだろう。だが、レジャーでこの地を訪れたわけではなかった。

啓太は東京でひとり暮らしをしながら、事務用品を扱う小さな商社で働いていた。営業部に配属されてもうすぐ五年。気づくと二十七歳になり、確実な結果を求められるようになっていた。

多少は景気がよくなったと言われているが、毎月の営業ノルマは厳しくなるばかりだった。やがて必死に働いても、目標到達がむずかしくなってきた。もともと人と話すのが苦手で、営業向きの性格ではなかった。班のなかで成績が最下位になると、上司から辞表を用意しておけとプレッシャーをかけられた。

それでも、結果を出そうと必死にがんばった。

だが、成績はなかなか上向かず、ある日、同僚たちがいる営業フロアで上司に激しく叱責《しっせき》された。

──新入社員にも抜かれてるじゃないか。

──よくこんな成績で給料がもらえるな。

──社会人として恥ずかしいと思わないのか。

辛辣《しんらつ》な言葉の数々を浴びせられて、うなだれるしかなかった。

同僚たちの冷たい視線が忘れられない。とくに、密かに想いを寄せていた後輩のOLに見られたのがつらかった。

告白はしていないが、ほのかな恋心を寄せていた。いつか成績がトップになったら交際を申しこむ。そんな夢を思い描いたこともあった。それなのに、ヒソヒソ話をするOLたちの声が聞こえてきた。

──あの人、営業成績が最下位なんだって。

──営業部のお荷物って呼ばれてるらしいよ。

──そんなにダメなら、あれだけ言われても仕方ないよね。

上司の叱責より、好意を抱いていた女性の言葉がきつかった。立ち直れないほど傷つき、ついには自ら辞表を提出した。

決めたからには一刻も早く辞めたかった。揉《も》めて長引くのが嫌で、自己都合での退職にした。三月末付けで、五年間在籍した会社に別れを告げた。あれほど辞めたかったのに、いざ無職になると不安になった。

春が来ても気持ちは沈んでいた。

胸にあるのは虚《むな》しさだけ。次の仕事を探さなければと思うが、なにもする気が起きなかった。

アパートでぼんやりする日々が一か月ほどつづいた。

もう東京にいたくなかった。だからといって、無職のまま実家に逃げ帰るわけにもいかない。恥を忍んで田舎に戻ったとしても、兄が結婚して子供までいるので居場所がなかった。

このまま部屋に籠《こ》もっていたら、おかしくなってしまう。でも、外に出れば知り合いに会うかもしれない。誰もが自分を小馬鹿にして笑っている、気分が落ちこみ、そんな妄想に取りつかれていた。

眠れない夜をいくつも過ごし、そして今朝――。

決死の覚悟でアパートを出ると、ＡＴＭで有り金を全部おろし、行く当てもなく電車に飛び乗った。

なにも決めていないひとり旅だ。いったいなにをしたいのか、自分自身わかっていなかった。

見知らぬ駅で降りて、ロータリーに停まっていたバスに乗車した。どこに向かっているのか、バスは山道を登っていった。静かな場所で適当に降りて、夕日に照らされた道をひたすら歩いた。

とにかく、誰もいない場所に行きたかった。

足は自然とアスファルトから逸《そ》れて、獣道《けものみち》のような細い場所に入りこんだ。木々の枝葉が頭上に覆《おお》いかぶさるなかを、一心不乱に進んでいく。やがて獣道を抜けたと思ったら、目の前に湖がひろがっていた。

美しい景色だった。

湖面は夕日を受けて、黄金色に光り輝いていた。不思議な魅力を感じて吸いこまれそうになったとき、突然、背後から声をかけられたのだ。

「濡れてしまいます」

彼女は隣に立って身を寄せてくる。互いの肩が軽く触れた瞬間、電流にも似た衝撃が全身を駆け巡った。

（この感じ……）

久しぶりの緊張感で、啓太の胸の鼓動《こどう》は異様なほど速くなっていた。

考えてみれば、女性に触れるのは数年ぶりのことだった。学生時代には恋人がいたが、卒業して離ればなれになったことで自然消滅した。社会人になってからは仕事に追われる日々で、彼女を作る暇などなかった。

自分なりに必死にがんばってきた。サービス残業はもちろん、休日出勤したことも数え切れない。それなのに、会社はあっさり見捨てたのだ。悔しさがこみあげて、奥歯をギリッと噛《か》みしめた。

「家で休んでいかれませんか？」

「あの……でも……」

「すぐそこですから。どうぞ、こちらです」

彼女の柔らかな声が耳孔に流れこんでくる。ささくれ立った啓太の気持ちを静めるように、やさしく鼓膜を振動させた。

2

案内されたのは湖畔《こはん》にある古い旅館だった。

そこに建物があるのは気づいていたが、周囲に雑草が生い茂っていたため廃屋だと思いこんでいた。

「ここに泊まってるんですか？」

「わたしの家です」

顔立ちは整っているが、感情が読み取りにくい。それでも、冗談を言っている様子はなかった。

意味がわからないまま、啓太は目の前の建物を見あげた。

瓦《かわら》屋根の二階建てで、こじんまりとしているが歴史を感じさせる重厚な建物だ。湖畔にぽつんと建っており、近くに他の建造物は見当たらない。伸び放題の雑草の向こうに看板があり、『宇津井亭《うついてい》』の文字がかろうじて読み取れた。あらためて確認しても、森のなかに打ち捨てられているようにしか見えなかった。

ところが、正面玄関の引き戸を開けてなかに入ると印象は一変した。

三和土《たたき》は御影《みかげ》石で、磨きこまれた板の間がひろがっている。天井がやけに高く、木製の太い柱に圧倒された。正面に飾ってある花器には山桜が生けてあり、静寂と品が漂う空間だった。

（ずいぶん立派な旅館だな……）

誘われるまま来てしまったが、いまだに状況が呑みこめない。いずれにせよ、無職の身の啓太がふらふら足を踏み入れるような場所ではなかった。

「あ、あの……」

不安に駆られて声をかける。ところが、すでに彼女はサンダルを脱いで板の間にあがっていた。

「雨がひどくなってきました」

ガラス戸の向こうはもう真っ暗でなにも見えない。雨が降り注ぐザーッという音だけが響き渡っていた。

「他にお客さまはいませんから、ご遠慮なさらずに」

彼女は立ちどまって振り返り、にっこり微笑《ほほえ》みかけてくる。そして、戸惑っている啓太に向かって深々と腰を折った。

「宇津井亭の女将《おかみ》、宇津井礼子《れいこ》と申します」

彼女はあらたまった様子で自己紹介をはじめた。

三十三歳の若さで、この旅館の女将《おかみ》を務めているという。どうりで凛《りん》とした雰囲気を纏《まと》っているはずだった。

「お、俺は……」

躊躇《ちゅうちょ》したが、この流れで黙りこむわけにはいかない。名前だけ告げると、礼子は睫《まつ》毛《げ》を静かに伏せて頷《うなず》いた。

「啓太さん……いいお名前ですね」

「れ……礼子さんも」

迷った末に言葉を返す。女性を下の名前で呼ぶのは緊張するが、名前を呼び合うことで、距離がぐっと縮まった気がした。

「あの、ここの宿代はおいくらなんでしょうか……」

「お気になさらないでください。わたしがお招きしたのですから、お代はいただきません」

「いや、でも……」

啓太は途中で黙りこんだ。それ以上、言わせない雰囲気がある。視線でうながされて、スニーカーを脱いで板の間にあがった。床はひんやりしており、体が芯まで冷える気がした。

「すぐに温かいものを淹《い》れますね。こちらへどうぞ」

礼子は背筋を伸ばした美しい姿勢で、廊下を奥へと進んでいく。

フロントは電気が消えていた。人影は見当たらず、物音もいっさい聞こえない。客はいないと言っていたが、従業員もいないのだろうか。

(潰《つぶ》れてる、ってことはないよな?)

どうにも腑《ふ》に落ちない。啓太は狐《きつね》につままれたような気分のまま、礼子の後ろを歩いていった。

「こちらです」

廊下の奥にある木製の引き戸の前に案内された。

「ここから先が、わたしの家になります」

どうやら、客が立ち入ることのないプライベートな空間らしい。引き戸を開けると、さらに廊下がつづいており、いくつかの襖《ふすま》があった。

一階はフロントや大浴場、それに経営者の居住スペースになっている。すでに亡くなっている彼女の両親も、かつていっしょに住んでいたという。つまり礼子はここで生まれ育ったのだ。

（そうか、旅館の娘だと、こういうこともあるんだな）

家が別棟ではなく旅館の一角だと、「実家が旅館」という状態になる。平凡なサラリーマンの家庭に生まれた啓太の目には不思議に映っても、彼女にとってはごく普通のことなのだろう。

「客室は二階です。すべてのお部屋から湖が見渡せるようになっています」

景観には自信があるようだ。宇津井亭の売りになっているらしい。礼子の説明には淀《よど》みがなかった。

「二階ほど景色はよくありませんが、一階からも昼間なら湖が見えますよ」

「お邪魔します」

啓太は恐縮しながら、美人女将の家に足を踏み入れた。旅館を訪れたのに、客室ではなく経営者の部屋に招かれるのは奇妙な感じだった。

「ここが居間になっています」

礼子が一番手前の襖を開けてくれた。

生活感のある十畳の和室だった。部屋の真ん中に丸い卓袱台《ちゃぶだい》があり、天井から吊られている照明器具は、笠がかかった和風の丸形蛍光灯だ。木製の電話台に乗っているのは、いまや珍しい黒電話だった。

「へえ……」

思わず部屋のなかに視線を巡らせた。

壁際に置いてある和箪笥《わだんす》も、取っ手が黒い金属製の年代物だ。さらには、もはや骨董品《こっとうひん》と言ってもいい家具調テレビまである。当然ながらブラウン管で、かなり場所を取っていた。これで現在の放送を観ることができるのだろうか。甚《はなは》だ疑問ではあるが、きっと古い物が好きで集めているのだろう。

気合いの入ったコレクターだ。とにかく徹底している。目に入るのは、昭和を舞台にした映画やドラマで見たことのあるレトロな物ばかりだった。古めかしいが、なんとなく落ち着く感じがした。

「少しお待ちくださいね。すぐにお茶を淹《い》れますから」

礼子は座布団を用意すると、いったん部屋から出ていった。

(それにしても……)

ひとりになり、卓袱台の前に腰をおろして考えこむ。

自分自身、なにをしたいのかわかっていなかった。人を避けて山奥に辿り着いたのに、まったく予想外の展開になっていた。

きっと傍《はた》からは自殺しそうに見えたのだろう。礼子はなにも語らないが、心配になって声をかけてくれたに違いない。あのままひとりだったら、今頃どうなっていたことか……。

とにかく、礼子が恩人であることだけは確かだった。

彼女の美しさに惹《ひ》かれてついてきたが、ここは旅館だ。気にするなと言ってくれたが、お茶を飲んだらとっとと出ていくべきだろう。

「お待たせしました」

盆を手にした礼子が戻ってきた。

湯気をたてた湯飲みが卓袱台に置かれる。それを目にした瞬間、口のなかに唾《つば》が湧いた。考えてみれば、今朝、家を飛び出してから、なにも口に入れていなかった。思い詰めていたせいで、喉が乾いていることにも気づかなかったのだ。

「い、いただきます」

逸《はや》る気持ちを抑えて、両手で包みこむように湯飲みを持つ。ぐびりと喉に流しこんだ途端、衝撃が全身にひろがった。

「う、うまい！」

思わず双眸《そうぼう》を見開き、湯飲みのなかを覗きこんだ。淹れ方が上手なのか、それとも茶葉が高級なのか、じつに味わい深い緑茶だった。

「熱いからゆっくり飲んでくださいね」

「すごくうまいです」

お茶がこれほど美味《おい》しいと感じたことはない。啓太はフーフー吹きながら、夢中になって熱い緑茶を飲み干した。

「よほど喉が乾いていたのですね」

礼子が急須《きゅうす》から緑茶を注いでくれる。彼女の瞳には、出会ったばかりとは思えないやさしさが満ち溢れていた。

立てつづけに二杯飲み、どうにか落ち着きを取り戻す。水分を体内に取りこんだことで、四肢の先まで力が漲《みなぎ》っていく気がした。

「どうも、ごちそうさまでした」

長居は無用とばかりに腰を浮かす。ところが、礼子は迷惑がる様子もなく話しかけてきた。

「雨がやむまで、ゆっくりなさってください」

「いえ、そういうわけには」

即座に否定すると、彼女はすっと身を寄せてくる。そして、啓太の腕に手を添えて、座布団の上に引き戻した。

「このあたりは雨が降ると滑って危ないんです」

礼子が熱心に語りかけてくる。至近距離から見つめてくる瞳は潤《うる》んでおり、否応《いやおう》なしに啓太の心は揺さぶられた。

「お願いですから、外には出ないで」

「で、でも……」

美人女将に懇願《こんがん》されて、無下《むげ》に断れるはずがなかった。

この先、なにか予定があるわけではない。どこかで雨宿りするなら、慌てて出ていく必要もないだろう。

「じゃあ、雨が小降りになるまで、もう少し居てもいいですか？」

「よかった。約束ですよ」

礼子はふっと肩から力を抜いて安堵の笑みを浮かべた。

素性も知らないのに、どうしてここまで親切にできるのだろう。そのとき、髪を掻《か》きあげる彼女の左手が目に入った。薬指にリングが光っている。礼子は既婚者だ。なおのこと親身になってくれる意味がわからなかった。

「ところで……ここはどこですか？」

思いきって尋ねてみる。電車とバスを適当に乗り継いで来たので、自分がどこにいるのかも把握していなかった。

「山梨県の宇津井湖です」

おかしな顔をされると思ったが、彼女は驚いた様子もなく教えてくれた。

「宇津井湖……」

聞き覚えのない湖だ。山梨県と言われても、まったく見当がつかなかった。

「宇津井湖……宇津井……えっ！」

彼女の苗字と同じだ。思わず声をあげると、礼子は小さく頷いた。

「このあたり一帯は、宇津井の土地なんです」

私有地なら名前が知られていないのも納得だ。それに山梨なら富士五湖がある。小さな湖なら陰に隠れてしまうだろう。

「宇津井湖の旅館はうち一軒しかありません。土地を売ってほしいという話もあったようですが、曾祖父が頑として拒んだそうです」

礼子がぽつりぽつりと語りはじめた。

地主だった曾祖父が温泉を掘り当てたのが、宇津井亭のはじまりだという。おもてなしの心を大切にして、瞬《またた》く間に繁盛したらしい。

以前は半年先まで予約で埋まるほど人気だった。湖を眺めながら浸かれる露天風呂が一番の売りだ。夕方なら燃えるような山の稜線が望めるし、冬なら雪見風呂も楽しめる。大自然を満喫できる秘湯中の秘湯だった。

ところが、隣村に温泉街ができたことで客が流れはじめた。そして、ついには開店休業状態に追いこまれてしまった。

「たくさんいた従業員も、みんな隣村に行ってしまいました」

「じゃあ、今は旦那さんと二人で？」

「いえ、夫は亡《な》くなりました」

礼子が視線を落とした。頰が微かにこわばり、唇をキュッと引き結んだ。

（や、やばい……）

まさか三十三歳で未亡人とは思いもしない。触れてはいけない部分に触れてしまった。あれほどにこやかだった礼子が、美貌をひきつらせて黙りこんだ。

「す、すみません……」

啓太は慌てて謝罪した。彼女の反応から察するに、夫を亡くした傷はまだ癒《い》えていないのだろう。一瞬、瞳から光が消えたように見えた。

「いいんです……もう昔のことですから」

口ではそう言っても、吹っ切れていないのは明らかだった。

「三年……あの人が逝《い》ってから、三年が経ちました」

愛する人を失ってからの三年という月日が長いのか短いのか、悲しみを思い出に変えるのに充分な年月なのか、まったく想像がつかない。とにかく、この場の空気を変えたかった。

「お、俺は、東京から来ました」

とっさに思いついたことを口にした。

「いろいろあって……ひとり旅をしてるって言うか、次のことを考えてるって言うか……まあそんな感じです」

会社を辞めた経緯や、東京が嫌になったことは胸の奥にしまいこんだ。いまだに自分のなかで消化できていない。言葉にすると感情が溢れて、涙腺《るいせん》が緩《ゆる》んでしまいそうだった。

そのとき、引き戸をノックする音が響いた。

「えっ!」

思わず声をあげてしまった。夫が亡くなったと聞いていたので、他には誰もいないと思いこんでいた。

「どうぞ」

礼子が何食わぬ顔で声をかけると、引き戸がスッと開けられる。そして、ひとりの女性が居間に入ってきた。

「お姉ちゃん、声が聞こえたけど……あっ」

目が合うなり、ペコリと頭をさげてくる。啓太も反射的にひきつった顔で会釈を返した。

「こんばんは」

彼女は人懐っこい笑みを向けてくる。年は啓太とそう変わらないだろう、少女の面影を残す愛らしい顔立ちの女性だった。

女体を包んでいるのは淡いピンクのワンピースだ。膝が隠れる丈で、ボタンは一番上まできっちり留めていた。艶《つや》やかなセミロングの黒髪が、ワンピースの肩を軽やかに撫でている。新鮮なさくらんぼのように瑞々《みずみず》しい唇と、ぱっちりした瞳の輝きが印象的だった。

「妹の裕子《ゆうこ》です」

礼子がさらりと紹介してくれた。

五つ年下の二十八歳で独身。両親が病気で亡くなり、姉妹二人で旅館を切り盛りしているという。とはいえ、しばらく宿泊客は来ていない。従業員もいなくなった今、姉妹だけでつましく生活していたらしい。

(すごい美人姉妹だな……)

相づちを打ちながらも、ついつい見惚《みと》れてしまう。

美人で優等生タイプの礼子に、無邪気で可愛らしい裕子。雰囲気は異なるが、甲乙つけがたい美貌だった。

「こちらは東京からいらした啓太さんよ」

礼子が紹介すると、裕子はあらたまった様子で正座をする。そして、背筋を伸ばしたまま腰を折り、深々と頭をさげた。

「よろしくお願いいたします」

「え？　い、いえ、こちらこそ」

よくわからないが、啓太も慌てて姿勢を正して挨拶《あいさつ》を返す。すると、裕子は顔をあげるなり、楽しそうに話しかけてきた。

「啓太くんって、真面目なんですね」

どうやら、姉より気さくな性格らしい。「啓太くん」という呼び方に、親しみを感じた。

「べ、別に、そんなことは……」

そう言っている間に、彼女は卓袱台をまわりこんでくる。なにをするのかと思えば、すぐ隣で正座をして目をじっと覗きこんできた。

「な、なんですか？」

「綺麗な目だなと思って」

「は、はは……」

見つめられて極度に緊張してしまう。もはや笑って誤魔化《ごまか》すしかなかった。

啓太は二十七歳なので、裕子のほうがひとつ年上だ。それでも、彼女は田舎で奔放に育ったせいか、どこか子供っぽいところがあった。

「ゆうちゃん、啓太さんが困ってるわよ」

「だって、久しぶりのお客さまだもの」

裕子が言う「お客さま」とは宿泊客のことではない。きっと、知り合いですら、山奥にあるこの旅館を訪ねてくることはないのだろう。

「ごめんなさい。こんなこと滅多にないものですから」

礼子もどこか浮かれた様子で、啓太の顔に熱い視線を送っていた。

（ま、まいったな……）

右手には礼子、左手には裕子。美しい姉妹に挟まれてドキドキしてしまう。仕事に追われて、何年も女性とは無縁の生活を送ってきたのだ。接近されただけでも頭に血が昇り、なにも考えられなくなっていた。

「ずっとお姉ちゃんと二人きりだったから、誰かいるだけで楽しいんです」

「そ……そういうものですか」

掠れた声でつぶやくと、今度は礼子がすっと身を寄せてくる。腕に手を添えて、ぐっと顔を近づけてきた。

「よかったら、泊まっていってください」

「それは、ちょっと……」

「雨もやみそうにないし、それがいいと思います」

反対側からは裕子が迫ってくる。姉妹の吐息が首筋にかかり、くすぐったさと紙一重の快感に襲われた。

「うっ……お、お客としてなら……」

やはり旅館に無料で泊めてもらうのは気が引ける。現在無職ではあるが、ここは客としてきちんと宿泊代を払うべきだろう。

「お誘いしたのはわたしです。それに、今は充分なおもてなしができませんから、お代はいただけません」

「いや、でも……」

「もう外は真っ暗です。このなかを歩くのは無理ですよ」

「この部屋に泊まってもらえばいいんじゃない？　客室じゃないから、啓太くんも気兼ねしなくていいと思うの」

両側から二人がかりで説得される。啓太は右も左も向けなくなり、結局、押し切られる形で頷いた。

「で、では、お言葉に甘えて……」

そう言った途端、二人の顔がほころんだ。

「男の人がいると心強いわ」

「じゃあ、わたし、ご飯作るね」

礼子が胸の前で両手を組んでつぶやけば、裕子は無邪気な笑みを浮かべて声を弾《はず》ませた。

迷惑をかけると思って遠慮していたが、姉妹の反応は正反対のものだった。二人が本気で喜んでいるのが伝わり、こちらも嬉しくなってくる。なにもしていないのに人助けしたような気分だった。

（そうか、女性だけだと不安なんだな）

姉妹は人里離れた山奥で暮らしている。なにかあったときのことを考えると、心細いのだろう。

二人は夕飯の支度をすると言って、部屋から出ていった。

姉妹で仲良くキッチンに立っているのだろう。包丁がまな板を叩くリズミカルな音が響きはじめた。

(ああ、いいなぁ……)

胸の奥が温かくなる。

襖にそっと耳を寄せると、煮物らしきグツグツという音も聞こえてきた。ひとり暮らしのアパートでは聞けない音だ。ちょっとした生活音が、これほど心を癒《いや》してくれるとは知らなかった。

(今夜はひとりじゃないんだ)

そう思うだけで涙が溢れそうになり、慌てて気持ちを引き締めた。

「お待たせしてごめんなさい」

しばらく待っていると、姉妹が戻ってきた。二人がかりで運んだ料理が、次々と卓袱台に並べられていく。

わかめの味噌汁に白いご飯、肉じゃがに川魚の塩焼き、それに卵焼きという家庭料理だ。三人分の料理が並んだ卓袱台は華《はな》やかで、すっかり忘れていた家族団欒《だんらん》という言葉を数年ぶりに思い出した。

「簡単なものですけど」

「いえいえ、すごく美味しそうです」

先ほどからいい匂いが漂ってきて、涎《よだれ》がどんどん溢れてしまう。腹が鳴りっぱなしで、空腹が耐え難くなっていた。

「どうぞ、お召しあがりください」

「では、いただきます！」

もう我慢できなかった。箸《はし》を持つなり、ご飯と肉じゃがを掻きこんだ。朝からなにも食べていなかったうえに数年ぶりの手料理だ。味付けも完璧で、涙ぐむほどうまかった。

「おかわりしてくださいね、たくさん作りましたから」

「そんなに急いだら、喉に詰まっちゃいますよ」

礼子と裕子が交互に声をかけてくる。それでも、ゆっくり食べる余裕がないほど、温かい手料理に飢えていた。

ひとり暮らしのアパートでは、コンビニ弁当やカップラーメンばかりだった。空腹は満たせても、決して心の満足は得られない。姉妹の料理が美味しいのに加えて、ひとりではないのも嬉しかった。

彼女たちもいっしょに食事をしてくれた。啓太は食べるのに夢中だったが、二人がにこにこしているので心が和《なご》んだ。

「ふぅっ、ごちそうさまでした」

感涙ものの食事で最高の満足感だった。一気に平らげて、気づくと腹がぽっこり膨《ふく》らんでいた。

「あ……す、すみません」

姉妹が見つめていることに気づき、急に照れ臭くなった。あまりにもうまくて、無言で食べまくってしまった。

「お口に合いましたか？」

「はい、とっても美味しかったです」

素直に感想を述べると、姉妹は嬉しそうに顔を見合わせる。仲の良さが伝わり、またしても胸が温かくなった。

啓太はお茶を飲みながら、礼子と裕子が食事を摂《と》るのを眺めていた。

近くに自分を拒絶しない女性がいるだけでも心が癒される。話題は好きな食べ物や天気など、たわいのないことばかり。仕事のことをいっさい聞かれないのも気が楽だった。

「ここはなにもないけど、晴れたらとても景色がいいんです」

「わたし、啓太くんと山歩きしたいな」

姉妹が輝く瞳を向けてくる。もう啓太が訳ありだとわかっているはずだ。それでも、二人はなにも聞かずに泊めてくれるという。今日ほど人のやさしさを感じたことはなかった。

「ありがとうございます……本当に……」

ふいに熱い想いがこみあげる。彼女たちへの感謝が溢れて、胸に居座っていた絶望が隅へと追いやられた。

「お、俺……」

きちんとお礼を言いたいのだが、それ以上は言葉にならない。口を開くと涙がこぼれてしまいそうだった。

「お風呂に入りませんか？」

ふいに礼子が提案した。

感極まっている啓太に助け船を出してくれたのだろう。啓太は目を合わせることもできないまま、こっくり頷いた。

「じゃあ、わたしが案内しますね」

裕子が啓太の手を握ってくる。うながされるまま立ちあがると、居間から出て廊下を奥へと進んでいった。

「ここは家族だけのお風呂なの。ちょっと狭いけど我慢してくださいね」

裕子は申しわけなさそうに告げてきた。

案内された脱衣所は、確かに一般的な家庭のサイズだ。洗面台があって、足もとには籐《とう》の籠《かご》が置いてあった。

「それと、こっちは温泉じゃないんです。ごめんなさい。お姉ちゃんと二人だと、どうしても……」

大風呂は温泉なのだが、宿泊客がいないので掃除をしていないという。姉妹二人だけでは、すべてに手がまわらない。やはり従業員がいなければ、旅館を正常に運営するのはむずかしいのだろう。

「あとでバスタオルと着替えを置いておきますから、ごゆっくりどうぞ」

裕子は終始にこやかに告げると、弾むような足取りで脱衣所を後にした。

啓太はさっそく服を脱ぎ、浴室のドアを開け放った。途端に真っ白な湯気がむあっと溢れ出す。やがて湯気の向こうに見えてきたのは、水色のタイル張りが懐かしい昭和スタイルの浴室だった。

何年も前に建てられた旅館なので、当然ながらすべてが古めかしい。とはいっても、悪いことばかりではない。風呂に関しては無機質なユニットバスより、タイル張りのほうが人間味があって好きだった。

木桶《きおけ》で湯を掬《すく》い、体を流すと、湯船に入って肩まで浸かる。湯が熱めなので、一気に汗が噴きだした。

「くぅっ」

思わず声が漏《も》れるほど気持ちいい。いつもシャワーで簡単に済ませていたので、なおのこと湯船が嬉しかった。

その後、頭と体を洗って風呂から出ると、籐の籠のなかにバスタオルが用意されていた。お日様の匂いがする、ふかふかのバスタオルだ。ありがたく使わせてもらうと、やはり籠に入っていた藍色の寝間着を手に取った。

(これを着ろってことか？)

洗ってくれるつもりなのか、啓太の服はなくなっていた。パンツもないので、仕方なく裸の上に寝間着を羽織った。

股間が心許《こころもと》ないが、たまには寝間着も悪くない。帯をキュッと締めると、なんとなく気持ちが引き締まる気がした。

居間に戻ると、礼子と裕子が布団を敷いているところだった。卓袱台は隅に寄せられて、綺麗なシーツが張られていた。

「とっても、いい湯でした」

啓太が告げると、姉妹は同時に視線を向けてくる。そして、寝間着姿の啓太をまじまじと見つめた。

「まあ……」

礼子が言葉を失い、裕子も口もとに手をやって黙りこんだ。

「これ、お借りしていいんですよね？」

心配になって尋ねると、二人はようやく口を開いた。

「その寝間着、亡くなった主人のものなんです」

「お義兄《にい》さんにそっくり」

姉妹の言葉に、啓太は驚きを隠せない。まさか、そんな大切なものだとは思いもしなかった。

「ちょ、ちょっと、それはダメですよ」

慌てて帯をほどこうとする。亡くなった旦那のものだと知っていたら、絶対に借りなかった。ところが、姉妹が駆け寄ってきて二人がかりでとめられた。

「ぜひお使いください。そのほうが主人も喜びます」

「しまっておくだけなんて、もったいないから」

礼子も裕子も、いつになく真剣な表情で語りかけてくる。寝間着を着た啓太に、故人の姿を重ねているのかもしれない。複雑な心境だったが、それで二人が満足するのならと、ありがたく借りることにした。

「それで、おれの服は……」

「洗っておくから、気にしないで」

裕子はそう言ってくれるが、出会ったばかりの女性にパンツまで洗わせるのは気が引ける。だが、本人はまったく気にしている様子はなかった。

もしかしたら、ずっと姉妹二人きりだったので、男の世話を焼くのが楽しいのかもしれない。礼子も裕子も、どこか浮かれているように見える。それならこの際、洗濯もお願いしてしまおうかと思った。

「啓太さんはここでお休みになってくださいね」

布団を敷き終わると、礼子が語りかけてきた。

先ほどより打ち解けた感じがするのは、夫の寝間着を着ているせいではないか。胸の奥に微かな罪悪感が芽生えるが、彼女が喜んでいるのなら、啓太がとやかく言うことではなかった。

「なにからなにまで、ありがとうございます」

あらためて礼を言うと、姉妹はまるで菩薩《ぼさつ》のような笑みを浮かべた。

「お疲れでしょう、ゆっくり休んでくださいね」

「啓太くん、おやすみなさい」

もう少しおしゃべりするのかと思ったが、二人はあっさり部屋から出ていった。楽しかっただけに、ひとり残されると淋しくなってしまう。それでも、疲れているのですぐに眠れるだろう。啓太は電気を豆球に変えて横になった。

3

「ううん……」

何度目かの寝返りを打った。

雨が瓦屋根や地面に降り注ぐ音が、途切れることなく響いている。疲れきっているのに、神経が昂《たかぶ》って眠れなかった。

　とにかく、心配事が多すぎる。無職になって東京から逃げだしてきたのだ。これからどうなってしまうのか、考えると不安で仕方なかった。

（俺、こんなところでなにやってんだ？）

　思い返すと不思議でならない。

　初対面の女性の家に泊まるなど、これまではあり得ないことだった。もともと奥手《おくて》で人見知りする性格だ。姉妹が積極的に話しかけてくれたから、奇跡的に短時間で打ち解けることができたのだろう。

　明日は東京に帰って、地道に職探しをしたほうがいい。今ならまだ間に合う。贅沢を言わなければ、なにかしら仕事はあるはずだ。でも、頭ではわかっているが、どうしても心が東京に向かなかった。

　悶々とそんなことを考えていると、廊下で微かな物音が聞こえた。

　姉妹のどちらかがトイレにでも行ったのだろうか。さほど気にしていなかったが、襖がカタッと音を立てたときは緊張した。

（なんだ？）

　どうすればいいのかわからない。仰向《あおむ》けの状態で固まっていると、襖がゆっくり開くのが見えた。

豆球のぼんやりした光が、居間に入ってきた人物を照らしだす。淡い桜色の寝間着を纏った礼子だった。

とっさに目を閉じて、寝た振りをした。

自分でも、どうしてそうしたのかわからなかった。何食わぬ顔で「どうかしましたか？」と声をかければよかったのかもしれない。だが、彼女が足音を忍ばせていたので、反射的に狸寝入《たぬき》りをしてしまった。

(なんで礼子さんが？)

彼女は襖を閉めると、そっと歩み寄ってくる。畳がミシ、ミシと軋《きし》むたび、胸の鼓動が速くなった。

額にじんわり汗が滲《にじ》んだ。

頭のなかで警報が鳴り響く。おかしな家に泊まってしまったのではないか。今すぐ飛び起きて、逃げだしたほうがいいのではないか。でも、どこに逃げればいいのだろう。街路灯もないので外は真っ暗だ。

身動きが取れないでいると、礼子はなぜか啓太の隣に横たわった。掛け布団と毛布をめくって脇に押しやり、そっと寄り添ってくる。寝間着の肩が触れて、静かな息遣《いきづか》いが聞こえてきた。

（な……なにしてるんだ？）

まったく意味がわからない。啓太は寝た振りをしながら、彼女が添い寝をしている体の右側に全神経を集中させた。

横顔に視線を感じる。礼子が見つめているのは間違いない。麗《うるわ》しい未亡人がすぐそこに迫っているのだ。首筋に熱い吐息がかかり、くすぐったさをともなう感覚が湧きあがった。

（うっ……ま、まずい）

こんな状況だというのに、背筋がゾクゾクして下半身に甘い疼《うず》きが生じている。奥歯を食い縛《しば》るが、全身の血液が股間に流れこんでいくのがわかった。

あの淑《しと》やかな礼子が夜這《よば》いを仕掛けてきたのだ。

夫を亡くして、熟れた身体を持てあましていたのだろうか。いずれにせよ、起きていることがばれたら気まずくなってしまう。寝た振りをした以上、最後まで貫き通すしかなかった。

しかし、女性経験は学生時代の恋人だけだ。就職してからは余裕がなく、浮いた話は皆無だった。そんな啓太に未亡人が寄り添っているのだ。礼子は完全に横を向き、さらに身体を密着させてくる。寝間着のこんもりした乳房の膨らみが、啓太の二の腕に押しつけられていた。

(当たってる、礼子さんの……お、おっぱいが)

柔らかくひしゃげる肉丘の感触が生々しい。寝間着越しとはいえ、熟れた女体をしっかり感じていた。さらに彼女は手のひらを胸板に重ねてくる。ゆったり円を描くように、大胸筋を撫でまわしてきた。

「くっ……」

柔らかい手のひらが乳首を掠めた瞬間、体がヒクッと反応してしまう。小さな声が溢れだし、慌てて唇を引き結んだ。

礼子は乳首に狙いを定めて、生地の上から指先でなぞってくる。乳輪をくすぐられると、啓太の意思とは無関係に膨らんでいく。左右の乳首を交互に刺激されて、寝間着の生地を押しあげるほど硬くなった。

(や、やばい……やばいぞ)

啓太は強く両目を閉じて、勢力を増しつづける妖《あや》しい感覚と戦っていた。とはいえ、精神力ではどうにもならない。乳首をいじられることで生じた快感が、波紋のように全身へとひろがっていく。

（ううっ、ダメだ）

ペニスがむくむくと頭をもたげてしまう。もはや制御は不可能だ。いったん勃起がはじまると、瞬く間に成長していきり勃《た》った。パンツを穿《は》いていないので、亀頭の先端が直接寝間着に触れていた。

「はぁ……」

耳に吹きかかる礼子の吐息もたまらない。彼女は胸板に這わせていた手を、ゆっくり下半身に向かって滑らせていく。焦らすように指先で腹筋をツーッとなぞり、やがて股間の膨らみに到達した。

「うむっ」

寝間着の上から亀頭を撫でられて、さらに太幹にそっと指を巻きつけてくる。軽く握られただけで快感が湧き起こり、先端からカウパー汁が溢れだした。

「ううっ、そ、それ以上は……」

もう我慢できなかった。とてもではないが、狸寝入りをつづけられない。思わず手首を摑《つか》むと、礼子は驚いた様子もなくじっと見つめてきた。

「起こしてしまってごめんなさい」

囁《ささや》くような声だった。申しわけなさそうに睫毛を伏せるが、右手は男根に巻きついたままだ。寝間着ごと太幹に指を絡めて、ゆるゆるとしごいていた。

「くっ……ど、どうして、こんなことを？」

尋ねるだけで、手を振り払うことはできない。ごく軽い刺激にもかかわらず、腰が震えるほど心地よかった。

「淋しいんです」

礼子がぽつりとつぶやいた。

夫を亡くしてからは、悲しみに暮れる日々だった。妹と二人きりで旅館を守ってきたが、片時も夫を忘れたことはない。三十三歳の熟れた身体は、ずっと温《ぬく》もりを求めていたのだろう。

「お願いです……今晩だけ」

憂いの滲んだ瞳で懇願してくる。その間も、啓太のペニスをしっかり握り、ねっとりしごきつづけているのだ。

淑やかな礼子が、これほどまでの激情を内に秘めていたことに驚かされる。抑えきれない欲望を抱えこみ、妹にも打ち明けられないまま悶々としていたのだろう。こうして懇願するのも、かなりの勇気が必要だったはずだ。

(でも……俺にできるのか？)

彼女を助けたい気持ちはあるが、満足させる自信がない。経験不足の啓太がどんなにがんばったところで、がっかりさせるのは目に見えていた。

「俺、あんまり経験が——」

「啓太さんは、なにもしなくていいですから」

礼子は言葉をかぶせてくると、返答を待たずに啓太の寝間着の帯をほどいてしまう。パンツを穿いていないので、寝間着の前を開かれた瞬間、棍棒《こんぼう》のように屹立《きつりつ》した逸物《いちもつ》が剝《む》きだしになった。

「わっ、ちょ、ちょっと……」

「ああっ、大きいわ」

慌てる啓太を無視して、肉胴に指が巻きついてくる。今度は直《じか》なので、快感のレベルが先ほどとは違っていた。

「ううっ、ま、待ってください」

「ああンっ、すごく立派です」

礼子は溜め息混じりにつぶやき、硬さを確認するように指に力をこめてくる。やさしく握られるだけで、男根が勝手にヒクついた。

「素敵です、啓太さんの硬くて大きい」

「くっ……そ、それ、気持ちいい」

こらえきれない言葉が漏れてしまう。握られているだけでも興奮するのに、彼女はゆったりしごいてくる。粘るような手首の動きが絶妙で、早くも透明な汁がジクジクと溢れだした。

「れ、礼子さん……そんなにされたら……」

刺激が強すぎて、このままだとすぐに達してしまう。手首を摑んで訴えると、彼女の指が太幹からすっと離れた。

「せっかくだから、ゆっくり楽しみたいの」

豆球の光のなかで、礼子が照れたように微笑んだ。

啓太の下半身へと移動して、脚の間に入りこんでくる。きちんと正座をすると、太《ふと》腿《もも》の付け根に両手を添えてきた。

「な、なにを？」

「わたしの好きにさせてください」

礼子は上半身を前に倒して、硬直した肉柱に顔を近づけてくる。そして、我慢汁まみれの亀頭に、息をフーッと吹きかけてきた。

「ぬおっ！」

思わず全身に力が入る。直接触れられたわけではないので、もどかしい快感だけがひろがった。

「気持ちいいですか？」

亀頭に息をかけながら尋ねてくる。啓太が腰をもじつかせると、彼女は楽しげにペニスの付け根に触れてきた。とはいっても、指先でそっとなぞるだけで、決して強い刺激は与えてくれない。

「くっ……ううっ」

たまらず呻《うめ》き声が漏れてしまう。屹立した男根がヒクつき、先端から新たなカウパー汁が滲み出した。

「すごく濡れてきましたよ」

礼子は尿道口を見つめて、指先で太幹の根元を撫でている。なにをするのかと思えば、竿《さお》の裏側にそっと口づけしてきた。

「ンっ……」

「な、なにしてるんですか？」

慌てて声をかけるが、未亡人は聞く耳を持たない。這いつくばるように頭を低くして、ペニスの裏側にキスの雨を降らせてくる。裏筋に沿ってチュッ、チュッと唇が触れるたび、大きく開いた脚に快感電流が走り抜けた。

「うッ……ううッ……ちょ、ちょっと……」

「啓太さんのここ、ヒクヒクしてます」

礼子が囁きながら、裏筋を舌先でくすぐってくる。根元のほうから先端に向かって、ゆっくりツーッと舐《な》めあげてきた。

「くううッ！」

己《おのれ》の股間を見おろせば、屹立した肉柱の向こうに未亡人の美貌が見えている。裏筋を舐めまわし、男を悶《もだ》えさせる快感を送りこんでいた。

「れ、礼子さん……も、もう、うううッ」

つい情けない声を漏らしてしまう。刺激が足りなかった。気分は最高潮に高まっているのに、これだけでは射精できない。もっと激しくしごかれて、思いきり欲望を解き放ちたかった。

「感じてくれてるんですね。嬉しいです」

礼子は太幹の根元に両手を添えると、亀頭に唇を寄せてくる。カウパー汁が付着するのも構わず、先端にそっと唇を押し当ててきた。

「ンふっ」

「くおッ！　れ、礼子さんっ」

途端に愉悦《ゆえつ》が爆発的にひろがった。未亡人がペニスに口づけしているのだ。しかも、彼女は亀頭にキスしたまま、啓太の目を見つめていた。

「こ、こんなことが……おううッ」

視線を交わした状態で、礼子がペニスの先端を呑みこんでいく。唇をゆっくり開き、亀頭の表面を滑らせながら咥えこんでいった。

「はむううっ」

「ぬおッ、き、気持ちいいっ」

柔らかい唇がカリ首に巻きついている。段差の部分を締めつけられて、たまらず腰が浮きあがった。結果としてペニスが口内に深く入りこむが、彼女は臆することなく首を振りはじめた。

「ンふっ……あふっ、硬い……むふンっ」

指は添えているだけなので、純粋に唇の感触を味わえる本物のフェラチオだ。

「ううッ、す、すご……うむッ」

柔らかい唇が太幹に密着して、根元から先端までヌプヌプとしごかれる。我慢汁と唾液が混ざり合い、ローションをまぶしたように滑る感触が心地いい。

「あふンっ……むふふンっ」

「れ、礼子さんが、俺の……おおおッ」

なにもかもが信じられない。職を失って絶望の淵《ふち》をさ迷っていたのに、まさか未亡人にフェラチオしてもらえるとは思いもしなかった。

「おおッ、おおおッ」

もう呻くことしかできない。快感が大きすぎて、もはや我慢汁がとまらなくなっていた。

「あふンっ、啓太さんの、とってもおいしいです」

礼子はとろんと潤んだ瞳でつぶやき、念入りに太幹をしゃぶってくれる。我慢汁を啜《すす》りあげては、躊躇することなく嚥下《えんげ》した。さらには口内で舌を使い、カリの内側まで丁寧に舐めてくれるのだ。

「くううッ、そんなことまで……おおおッ、も、もうっ」

竿がさらにひとまわり太くなる。必死にこらえてきたが、射精感が爆発寸前まで膨れあがった。

「あンっ……まだダメよ」

あと少しのところで、礼子はペニスを吐き出してしまう。そして、脚の間で膝立ちになり、寝間着の帯をほどきはじめた。

「礼子さん……俺……」

「わたしも、我慢できないの……」

寝間着の前がはらりと開き、ゆっくり肩を滑り落ちていく。ブラジャーもパンティもつけておらず、いきなり生まれたままの姿が晒《さら》された。

「おっ……おおっ」

思わず呻き声が溢れ出した。未亡人の熟れた身体が露《あら》わになったのだ。啓太は両目を見開き、呼吸すら忘れて女体に見入った。

豆球の明かりだけなのに、未亡人の裸体は神々《こうごう》しいまでに輝いていた。乳房は雪のように白くてたっぷりしている。いわゆる釣鐘《つりがね》形というやつだ。身じろぎするたび重たげに揺れて、タプタプと柔らかそうに波打った。

膨らみの頂点には紅《べに》色の乳首が鎮座している。野苺《のいちご》のように鮮やかな色で、見ているだけでむしゃぶりつきたくなる。まだ触れてもいないのに、充血してピンピンに尖《とが》り勃っていた。

(すごい……なんて身体なんだ)

腰はくびれているが、尻にはむっちり脂《あぶら》が乗っている。股間は肉厚で盛りあがっており、漆黒の秘毛に覆われていた。

「そんなに見られたら……ああンっ」

太腿をぴったり閉じて、恥ずかしげに腰をよじらせる。啓太の視線が全身に這いまわることで、彼女は明らかに性感を昂らせていた。

「き、綺麗です……すごく」

本心からの言葉だった。これほど綺麗で、なおかつ性欲をそそられる身体は見たことがない。先ほどからカウパー汁がとまらず、亀頭はおろか竿までぐっしょり濡れていた。

「今夜だけ、わたしのものになってください」

礼子は寝間着を完全に脱ぎ捨てると、もう我慢できないとばかりに、いきなり啓太の股間をまたいでくる。両足の裏をシーツにつけて、竿を摑んで亀頭を膣口《ちつこう》にあてがった。

「あンっ……あなた、許して」

罪悪感が芽生えたらしい。中腰の中途半端な格好で動きをとめると、亡き夫に許しを乞う。それでも、燃えあがった欲情に引きずられるように、切なげな表情のまま腰を落としはじめた。

「はンっ……は、入っちゃう」

軽く触れただけでクチュッと湿った音が響き渡る。彼女がゆっくり腰をさげることで、亀頭が二枚の陰唇を巻きこみながら女壺《つぼ》に埋没した。

「ああァッ、啓太さんっ」

「れ、礼子さんのなかに、おおおおッ」

ついに未亡人と繋《つな》がった。出会ったばかりの女性とセックスしているのだ。数年ぶりに味わう女体は、啓太をいきなり悦楽の崖《がけ》っぷちまで追いこんだ。

「き、気持ちいい……うううッ」

射精感がこみあげて、奥歯をギリギリ食い縛る。尻の穴に力をこめて、懸命に快感を抑えこんだ。

男根をしゃぶったことで興奮したのか、膣道はたっぷりの華蜜で潤《うるお》っている。とろみのある果汁が溢れだし、結合部はまるでお漏らしをしたようにグショグショになっていた。

「ああァッ、熱いっ、啓太さんの、すごく熱いわ」

「お、俺もです、礼子さんのなか、火傷《やけど》しそうですっ」

蜜壺は燃えるように熱かった。蕩《とろ》けた膣襞《ひだ》が常に蠢《うごめ》き、彼女が腰を落とすたびに絡みついてきた。

「おおッ、気持ちいいっ、おおおッ」

「はああッ、すごいわ、これよ、これが欲しかったの」

礼子は両手を啓太の胸に置き、腰を完全に落としこんだ。長大な肉柱が根元まで埋まり、互いの股間が密着する。陰毛同士が絡み合い、一体感が膨れあがった。

「礼子さんと、ひとつに、おおおッ」

「ああっ、啓太さんが奥まで……」

瞳の焦点が合っていない。礼子は呆《ほう》けたようにつぶやき、腰をグイグイ振りはじめた。もう快楽を求めることしか考えていない。亀頭と子宮口がぶつかるように、連続して勢いよく腰を打ちおろしてきた。

「あッ……あッ……当たる……奥に当たるの」

豊満な乳房を弾ませながら、リズミカルに女体を上下させる。ペニスが女壺でしごかれて、濃厚な我慢汁が溢れ出す。睾丸《こうがん》のなかでは、ザーメンが出口を求めて暴れだしていた。

「ああッ、ああッ、いい、いいっ」

「くおおッ、激し……おおおッ」

もうこれ以上は耐えられそうにない。両手を伸ばして、目の前で揺れる乳房を揉みあげる。硬くなった乳首を指の股に挟みこみ、欲望のままに捏《こ》ねまわした。

「あぁッ、ダメですっ、あああぁッ」

礼子の喘ぎ声が大きくなる。乳首が感じたのか、膣が急激に収縮してペニスが締めあげられた。

「ぬうううッ、も、もうっ、おおおおッ」

もう一刻の猶予《ゆうよ》もならない。頭のなかが燃えあがり、わけがわからなくなって股間を思いきり突きあげた。

「礼子さんっ、おおおおおおッ」

「ひああッ、奥っ、あああああッ」

黒髪を振り乱し、礼子が乱れていく。その淫らがましい姿が引き金となり、ついに啓太は女壺の奥深くで欲望を解き放った。

「おおおおッ、で、出るっ、出ちゃいますっ、ぬおおおおおおおッ！」

ブリッジするように腰を浮かせて、肉柱を根元まで叩きこむ。膣襞が絡みついた状態で、男根が思いきり脈動した。熱いザーメンが尿道を高速で駆け抜けて、女壺の最奥部を貫いていった。

「あああぁッ、い、いいっ、あああッ、はあぁあああぁあッ！」

女体が大きく仰《の》け反り、甲高《かんだか》い嬌声《きょうせい》が迸《ほとばし》る。礼子は太幹を締めあげながら、下腹部をビクビク痙攣《けいれん》させた。ザーメンを注がれるのと同時に、オルガスムスに昇り詰めたのは間違いなかった。

かつて経験したなかで、間違いなく最高のセックスだ。これほどの快感を味わうのは、二十七年の人生で初めてだった。

会心の射精を遂げて、啓太の全身は小刻みに震えていた。

明日も見えない絶望的な状況に変わりはないが、ほんの一瞬だけでも気持ちが軽くなった。

「ああっ、わたし……ああっ」

礼子が絶頂の余韻を味わうように腰をしゃくりながらも、憂いを帯びた表情を浮かべていた。

二人は互いの心の隙間を埋めるように抱き合った。

どちらからともなく唇を重ねて、舌を深く絡めていく。礼子は唾液を乗せた舌をヌルリと差し入れてくる。だから、啓太も遠慮せずに彼女の舌を吸いあげて、反対に自分の舌を忍ばせていった。

「はうンンっ、啓太さん」

「ううっ、礼子さん……」

濃厚なディープキスで彼女の唾液を味わいながら、啓太は魂《たましい》まで震えるほどの満足感に浸っていた。

第二章　淋しい美姉妹

1

翌朝、目が覚めると礼子の姿はなかった。

ぴったり閉じられた深緑のカーテンがぼんやり明るくなっているが、相変わらず雨の降る音が聞こえていた。

啓太の体にはしっかり毛布が掛かっている。横になったまま周囲を見まわすが、昨夜の痕跡はどこにも残っていなかった。

（ああ、礼子さん）

思い返すと、胸の奥が切なくなる。

一夜だけの関係とわかっているが、それでも身体を重ねたことで彼女は特別な存在になっていた。

あの淑やかな礼子が夜中に忍んできて、ペニスをしゃぶったうえに、騎乗位で腰を振りまくったのだ。久しぶりのセックスで身も心も癒された。彼女も欲求不満を鎮《しず》めることができただろう。

目を閉じれば、瞼の裏に礼子の熟れた女体がまざまざと浮かびあがった。

豆球のオレンジがかった光に照らされて、豊満な乳房がタプタプ波打っていた。物静かでしっとりした未亡人なのに、股間に茂る陰毛は濃厚だった。大きなヒップを振りたくり、「これが欲しかったの」と淫らな声をあげて快感を貪っていた。

とにかく、すべてが極上の体験だった。今にして思うと、なにもかも夢だったような気もしてくる。それほど現実離れした一夜だった。

ぼんやり礼子のことを考えていると、襖の向こう側から声がした。

「啓太さん、朝ですよ」

聞こえてきたのは、今まさに思っていた礼子の声だった。

「は、はい！　今、起きたところです」

慌てて返事をすると、襖の向こうで「ふふっ」と笑う声が聞こえた。

昨日よりも打ち解けた感じがある。腰を振り合ったことで、多少なりとも親密になった気がして嬉しかった。

「お食事の準備ができています。入ってもよろしいでしょうか」

「あ、はい」

体を起こして毛布を剝《は》ぎ取る。そのとき、自分が全裸だったことに気がついた。

「わっ！　ちょ、ちょっと待ってください」

慌てて脱ぎ捨ててあった寝間着を身に着ける。帯をしっかり締めると、布団を適当に畳んで部屋の隅に押しやった。

「お待たせしました、どうぞ」

カーテンを開け放って声をかける。昨日の今日だ。どんな顔で会えばいいのかわからず緊張した。

「失礼いたします」

襖がゆっくり開けられる。すると廊下には、着物姿の礼子と裕子が澄ました顔で正座をしていた。

「おはようございます」

礼子は山吹色の地に牡丹《ぼたん》が描かれた着物を纏い、黒髪を綺麗に結いあげている。昨夜のことなどおくびにも出さず、ゆったりと腰を折って挨拶した。

「よく眠れましたか？」

妹の裕子が穏やかに声をかけてくる。彼女も髪を結いあげており、薄紅色の地に桜の花びらが舞う柄《がら》の着物に身を包んでいた。恭《うやうや》しく頭をさげる仕草は、旅館の娘だけあって様になっていた。

「こ、これはご丁寧に……おはようございます。おかげさまでよく眠れました」

啓太も正座をすると、丁重に挨拶を返していく。急に身が引き締まり、自然と背筋を伸ばしていた。

（着物姿も綺麗だな……）

つい姉妹をぼんやり眺めてしまう。

昨日の洋装も似合っていたが、着物になるといっそう落ち着いた感じになる。旅館の仕事をしているので着慣れているのだろう。洋装とはまったく雰囲気が異なり、姉妹の新たな魅力に出会った気がした。

「わたしたちも、朝食ごいっしょさせていただいてよろしいですか？」

顔をあげた礼子と視線が重なった。

ほんの一瞬、瞳の奥に親密な光が見えてドキリとする。彼女も啓太のことを意識しているのは間違いなかった。

「は、はい、もちろんです」

平静を装って答えると、姉妹が部屋に入ってくる。隅に置いてあった卓袱台を中央に戻し、運んできた料理を並べはじめた。

塩鮭に卵焼きに漬物、それと味噌汁に白いご飯というシンプルな朝食だ。ひとり暮らしをはじめてから、朝食とは無縁の生活を送ってきた。とくに就職してからは一分でも長く寝ることを優先して、水すら飲まずに出勤する日もあった。

丸い卓袱台に三人分の料理が並んだ。

二人もいっしょに朝食を摂ってくれるのが嬉しい。こうして近くに人の温もりを感じるだけで、心が満たされる気がした。昨夜のことを思うと少々気まずいが、裕子はなにも知らない様子だった。

「どうぞ、召しあがってください」

「はい、いただきます」

さっそく料理に箸をつける。まだ温かいので、啓太が目を覚ますタイミングを見計らって作ったのだろう。

美しい姉妹が食べる姿を見ていると、さらに料理がおいしく感じた。

最高に幸せな気分だが、いつまでも浸っているわけにはいかない。手料理に舌鼓《したつづみ》を打ちながら、啓太はこれからのことを考えていた。

「これを食べたら出ていきます」

最初からそのつもりだったが、いざ口にすると一抹の淋しさがこみあげる。一夜を共にしたことで、まだ礼子といっしょにいたいという気持ちが生まれていた。

これから、どこに行けばいいのだろう。

東京には戻りたくない。できることなら、ずっとここにいたかった。知り合いは誰もいないし、食事はうまい。それに、なにより礼子とのセックスはこの世のものとは思えないほど極上だった。

(でも、ダメだ)

これ以上、迷惑はかけられない。寂《さび》れた温泉旅館を維持するのは、きっと大変なことだろう。そんな状態なのに、啓太がお世話になるわけにはいかなかった。

「好きなだけ居てくださっていいのですよ」

礼子が淑やかに語りかけてきた。

社交辞令には聞こえなかった。彼女の言い方には本気の響きが感じられる。隣の裕子も啓太の目を見つめて、こっくり頷いた。

「いや、でも……」

居心地がいいからこそ、早く立ち去るべきだと思う。先延ばしにすれば、別れがつたくなるだけだ。

「こんなに雨が降ってるんだから、慌てなくてもいいと思うけどな」

裕子が唇を尖らせて、窓の外に視線を向けた。

雨が降っている。先ほどよりも、ひどくなっているようだ。風をともなって、横殴りの激しい雨になっていた。

「あの日も、こんな雨の日だったわ」

礼子がぽつりとつぶやき、睫毛をそっと伏せていく。すると、裕子も顔をうつむかせて黙りこんだ。

(なんだ、この感じ?)

なにやら場の空気が重くなり、啓太は口を挟めなくなった。

「今日は危ないから、外に出ないほうがいいと思います」

沈黙を破り、礼子が静かに切り出した。

「夫が亡くなった日も、こんな雨が降っていました」

声は淡々としているが、隠しきれない悲しみが滲んでいる。なにか事情があるようだ。啓太は箸を置くと、彼女の顔をじっと見つめた。

「わたしの夫は――」

礼子の夫は『宇津井亭』で雇っていた料理人だったという。

二つ年上の遠藤哲也《えんどうてつや》は、高校を出てから住みこみで働き、料理人の修業を積んでいた。なにもない田舎だ。年の近い若い男女が毎日顔を合わせていれば、仲良くなるのは必然だった。

礼子と哲也は恋に落ちた。他の従業員の手前、交際は秘密にしていたが、やがて隠しきれなくなった。そして、宇津井亭の跡取りである礼子が、哲也を婿《むこ》養子に迎える形で結婚した。

哲也は生真面目で職人気質《かたぎ》の男だったという。地道に努力を重ねて、宇津井亭の料理長を務めるまでになっていた。

ところが、幸せな日々は長くつづかなかった。

結婚からわずか二年後、哲也は料理に使う山菜を採りに行くと言って山に入ったが、崖から滑り、湖に転落して亡くなった。ひどい雨の日だったという。哲也は三十三歳で帰らぬ人となり、礼子は三十一歳という若さで未亡人になったのだ。

「わたしが、ひと声かけていれば……」

雨が降りしきるなか、出かけていった夫の後ろ姿が忘れられないらしい。なぜ引き留めなかったのか、礼子はいまだに後悔していた。

こういうとき、どんな言葉をかければいいのだろう。啓太はなにも言えなくなり、ただ黙って彼女の話を嚙みしめていた。

(そういえば……)

ふと思い出す。昨日、帰ろうとする啓太を、礼子は「雨が降ると滑って危ない」と言って引き留めた。あの言葉の裏には、愛する夫の死があったのだ。

「せめて、雨がやんでから……」

礼子の声が微かに震えた。悲しみがこみあげてきたのか、口もとを両手で覆って黙りこんだ。

「お姉ちゃんの気持ち、わかってあげてください」

裕子も涙ぐみながら懇願してきた。

彼女にとっては、義兄を亡くした悲しい過去だった。礼子の話を聞く限り、きっと哲也はみんなから愛されていたのだろう。

「こんな雨の日だったの……お義兄《にい》さんが……うっぅぅっ」

こらえきれないといった感じで、裕子も肩を震わせる。美人姉妹が嗚咽《おえつ》を漏らす姿を目にして、啓太の心は激しく揺さぶられた。

いったん立ちあがり、気持ちを落ち着かせるため窓に歩み寄る。

木々の向こうに湖が見えた。激しさを増していく雨が水面を叩き、無数の波紋を作っている。姉妹の涙が雨となって、湖に降り注いでいる気がした。

(どうせ、行く当てはないんだ)

もう一泊したところで、なにも問題はない。無理に出発しても、彼女たちの悲しみをよみがえらせるだけだった。

「じゃあ、雨がやむまでお世話になってもいいですか?」

そう切り出すと、姉妹が同時に顔をあげた。

礼子も裕子も濡れた瞳を向けてくる。ほっとしたのか、二人は泣き笑いのような表情を浮かべていた。

「せめて、なにかお手伝いさせてください。タダより高いものはないって言うじゃないですか」

注目されて照れ臭くなる。啓太がおどけて笑うと、礼子がすっと立ちあがった。

「よろしかったら、夫の服を使ってください」

「でも……」

彼女の気持ちを思うと躊躇してしまう。礼子は亡き夫のことを今でも忘れられずにいるのだ。

「仕舞いこんでいても仕方ないですから。使っていただいたほうが、きっと夫も喜ぶと思います」

「そういうことなら、ぜひ」

啓太は快《こころよ》く了承すると、礼子はすぐに服を持ってきてくれた。そして、姉妹が朝食の膳を片づけて部屋から出ていくと、さっそく着替えることにした。

下着は買い置きの新品があったのも嬉しかった。普段は穿かないトランクスだが問題ない。似たような体格だったらしく、ジーパンもシャツもぴったりだった。

（サイズは悪くないけど……）

どうにもデザインが垢抜《あか》けない。裾《すそ》がひろがったパンタロンと白の開襟シャツは、少々古臭い感じがした。

とにかく、お礼を言おうと廊下に出る。洗いものの音がするほうに向かうと、キッチンの流しに姉妹が並んで立っていた。

「お借りした服、ちょうどよかったです」

声をかけると二人が同時に振り返った。

「お義兄さんが帰ってきたみたい」

「そう……ね」

裕子がぽつりとつぶやき、礼子は目を見開いて息を呑んだ。姉妹の反応が予想以上に大きいので焦ってしまう。やはり、服を借りたのは間違いだったのではないか。自分がここにいることで、彼女たちの心に小波《さざなみ》を立てているのではないか。そんな気がしてならなかった。

（それにしても……）

冷蔵庫やオーブンがやけに古い。システムキッチンもかなり旧式だ。旅館は開店休業状態なので、家電を買い換えるのも大変なのだろう。

「俺に手伝えること……掃除でもさせてください」

彼女たちの力になりたい。金銭的な援助はできないけれど、せめて雑用の手伝いくらいはしたかった。

「じゃあ、お願いしようかしら」

気持ちが伝わったらしく、礼子が歩み寄ってくる。洗面所に行って、流しの下に置いてあったブリキのバケツと雑巾《ぞうきん》を渡された。

（へえ、すごいバケツだな）

プラスチック製のバケツしか使ったことがないので物珍しかった。でも、このレトロな感じが、老舗《しにせ》旅館には合っている気がした。

「わたしとゆうちゃんの部屋には入らないでくださいね」

「はい、わかりました」

プライベートな部分には立ち入らないと約束して、礼子と裕子の部屋を教えてもらった。

啓太が泊まった居間の隣が礼子の部屋で、さらにその隣が裕子の部屋だ。襖が閉まっていたので、残念ながらなかは見えなかった。それでも、彼女たちの私生活が襖の向こうにあることを肌で感じた。

「では、おまかせください。まずは廊下をピカピカにします」

啓太は張り切って廊下の掃除に取りかかった。

雑巾をきつく絞り、廊下を隅から隅まで拭いていく。雑巾掛けは小学生以来だ。意外ときついが懐かしさがこみあげた。

とにかく、いい思いをさせてもらったのだから、少しでも恩返しをしたいという純粋な気持ちだった。

2

その日の夜、啓太は居間の布団に横たわっていた。

朝から晩まで雨が降っていたので、一歩も外に出ることはなかった。今日は丸一日かけて、旅館のすべての廊下を磨きあげた。

昼食も夕食もご馳走になり、おやつに饅頭《まんじゅう》までいただいたのだから、掃除くらい当然のことだった。とはいえ、ずっとしゃがんでいたので腰に疲れが溜まっている。風呂にゆっくり浸かって多少は回復したが、日頃の運動不足が祟《たた》っていた。

(そうだ、明日は温泉の掃除をするか)

大風呂を綺麗にすれば、温泉に入らせてもらえるかもしれない。ふとそんなことを考えて、直後に苦笑を漏らした。

(図々しいにもほどがあるな)

明日も泊まる気になっている自分に呆れてしまう。豆球に照らされた天井を見つめて、大きな溜め息を漏らした。

「はぁ……バカだな、俺……」

そろそろ雨もやむだろう。いくら居心地がいいからといって、これ以上、甘えるわけにはいかなかった。

明日の朝には出ていこう。そう心に誓って目を閉じた。ところが、いつまで経っても眠くならなかった。

昨夜はこうしているうちに、礼子が忍んできたのだ。

もしかしたら、今夜も彼女がやってくるかもしれないと、淡い期待を抱いてしまう。またペニスをしゃぶり、騎乗位でまたがって腰を振ってくれるのではないか。熟れた女体が脳裏に浮かび、ますます目が冴えていった。

礼子は亡くなった夫のことを、今でも愛しつづけている。それでも、昨夜は欲求不満に耐えきれなかったのだ。それを思うと、期待がどんどん膨らんでしまう。しかし、待てど暮らせど彼女がやって来る気配はなかった。

（ダメだ！）

布団をはね除《の》けて、勢いよく上半身を起こした。

どうしても気になって眠れない。礼子が今なにをしているのか知りたかった。眠っているのならそれでもいい。とにかく、ひと目だけでも彼女を見たかった。

布団を抜け出すと、襖を慎重に開いていく。廊下は真っ暗だが、居間から漏れる豆球の光を頼りに足を踏みだした。

ミシッ――。

いきなり、板張りの廊下が軋んで心臓がすくみあがる。額に冷や汗が浮かび、凍りついたように動きをとめた。

まずいと思うが、今ならまだ誤魔化せる。トイレに行くところだと言えば、やり過ごせるだろう。でも、礼子の部屋の前だったら言いわけできない。トイレとは逆方向だ。危険だとわかっているが、欲望は膨れあがる一方だった。

細心の注意を払って歩を進める。とはいっても、古い建物だ。少しずつ体重をかけることで、軋む音が最小限になるように気をつけた。

ようやく、礼子の部屋の前に辿り着く。居間の隣だというのに、ずいぶん時間がかかってしまった。

(やばくないか？　でも、ちょっと見るだけなら……)

逡巡《しゅんじゅん》しながらも襖に手をかけた。

いけないと思いつつ、礼子の姿を見たいという欲求を抑えられない。一夜を共にしたことで、特別な感情が芽生えているのは否定できなかった。

見つかったら嫌われるのは間違いない。それどころか危険な男と思われて、明日の朝には追い出されてしまうだろう。恩を仇《あだ》で返すようで申しわけないが、もう我慢できなかった。

指先に力をこめて、少しずつ襖を開いていく。ほんの数ミリ隙間ができると、豆球のぼんやりした光が線になって漏れてきた。

(よし、いいぞ)

どうやら、豆球をつけたままで寝ているらしい。それなら彼女の寝顔を拝むことができるはずだ。期待に胸を膨らませて、襖の隙間に顔を近づけていった。

(なっ……!)

喉もとまで出かかった声をギリギリのところで呑みこんだ。

十畳ほどの部屋の中央に布団が敷かれており、礼子が横たわっている。ほぼ真横から眺める角度だ。掛け布団と毛布は足もとに押しやられて、豆球の明かりが全身を照らしていた。

寝間着が乱れており、衿《えり》もとから双《ふた》つの乳房が剝きだしになっている。礼子は自分で乳房を揉みしだき、布団の上で腰をよじらせていた。

「ンっ……ンンっ」

半開きになった唇から、微かな声が漏れている。柔肉に指をめりこませて、ハァハァと息を乱していた。

(なんだ……これは？)

まったく予想外の光景だった。

信じられないことだが、これはオナニーに間違いない。礼子はひとりで自分を慰《なぐさ》めていたのだ。

寝間着の裾も乱れており、スラリとしたふくらはぎはもちろん、むちっとした太腿も付け根近くまで露わになっている。かろうじて股間は隠れているが、乳房を捏ねまわすたび、内腿をもじもじ擦り合わせているのが丸見えだった。

「はンっ……ンぅっ」

礼子の抑えた声が聞こえてくる。ただ寝顔が見たかっただけなのに、まさか自慰の現場を目撃するとは思いもしなかった。

(まずい、これはまずいぞ)

早々に戻ったほうがいい。なにも見なかったことにして、明日の朝、礼を言って静かに立ち去るのだ。そうするのが互いのためだった。

そう頭ではわかっているが、どうしても動けない。啓太は目をカッと見開き、襖の隙間に顔を押しつけていた。

淑やかな未亡人のオナニーなど、滅多に見られるものではない。しかも昨夜、彼女と熱い一夜を過ごしている。いっしょに腰を振り合った相手だからこそ、なおのこと欲情が膨れあがった。

室内は綺麗に片づいている。窓際に文机《ふづくえ》、正面には仏壇が置いてある。仏壇の横にある棚には、セピア色の遺影が見えた。おそらく亡夫の哲也だろう、短髪で純粋そうな目をした男性だった。

「ンぁっ……」

礼子の声が艶を帯びていく。指先で乳首を摘んだことで、女体がヒクッと小さく仰け反った。

やはり乳首が感じるらしい。指で摘んで転がすうちに、紅色の先端が見るみる膨らみはじめる。乳輪がドーム状にふっくら盛りあがり、乳首は指を押し返すようにピンピンに尖り勃《た》った。

(礼子さんの乳首が、あんなに……)

もう目が離せない。啓太は額を襖の隙間に押し当てて、オナニーに没頭する礼子を凝視していた。

彼女は乳房を揉みしだいては、乳輪の周囲を指先でなぞっている。先ほどとは打って変わり、今度は自分を焦らしているようだ。隆起した乳首には決して触れず、くびれた腰をくねらせる姿が悩ましい。内腿をしきりに擦り合わせて、眉を切なげに歪めていた。

「ンっ……はンンっ」

呼吸がどんどん乱れていく。見ている啓太まで焦れてきたとき、ようやく双つの乳首が摘みあげられた。

「ああっ！」

礼子の唇から、こらえきれない喘ぎ声が溢れ出す。背筋が仰け反り、内腿を強く閉じ合わせるのがわかった。

（あんなに感じて……欲しくてたまらないんだ）

啓太は覗き見をつづけながら、ペニスをギンギンに勃起させていた。

トランクスを突き破る勢いで屹立して、寝間着の前が大きく膨らんでいる。指一本触れていないのに、先走り液が次から次へと溢れてしまう。すでにトランクスの内側はぐっしょり濡れており、張り詰めた亀頭がヌルヌル滑っていた。

（ううっ……れ、礼子さん）

頭に血が昇り、欲望が急激に高まっていく。

昨夜のようにひとつになりたい。彼女も欲求不満を抱えているのは間違いないのだ。オナニーで昂っている今なら、強引に迫っても受け入れてもらえるのではないか。

(い、いや、ダメだ)

小さく首を振って自分に言い聞かせる。

礼子は亡き夫に操《みさお》を立てて、今夜は啓太の部屋に忍んでこなかった。だから、疼く肉体をこうしてオナニーで慰めている。昨夜は欲望に負けてしまったが、今夜は懸命に耐えているのだ。

熟れた女体は男を求めているが、礼子はいまだに夫を想いつづけている。そんな彼女に迫ることはできなかった。

「哲也さん……」

礼子が遺影に視線を向けてつぶやいた。そして、乳房を揉んでいた右手を、そろそろと下半身に伸ばしていく。それと同時に両膝をすっと立てると、ゆっくり左右に開きはじめた。

寝間着の裾が自然と割れて、陰毛で埋め尽くされた恥丘が露出する。淑やかな彼女からは想像がつかないほど、細い縮れ毛が密生していた。

「はぁっ……」

ほっそりした指先が秘毛に到達する。中指が縦溝をなぞるようにして、じわじわ股間へと滑り降りていく。手のひらが恥丘に重なり、指先は太腿の間に入りこんで見えなくなった。

「あンンっ！」

女体がヒクッと反応する。指が敏感な箇所に触れたのだろう。艶《なま》めかしい喘ぎ声が溢れだし、内腿に力が入って付け根に筋が浮かびあがった。

「あっ……あっ……」

なにやら股間で指を動かし、切れぎれの声を漏らしている。女陰をなぞりあげているか、腰がくなくなと左右に揺れていた。

その間も左手では乳房を揉みしだいている。柔肉に指を食いこませてねちっこく捏ねまわし、乳首をキュッと摘みあげるのだ。そのたびに背筋が反り返り、全身の感度がアップしていくのが手に取るようにわかった。

「ああっ、あなた……はああっ」

双つの乳房を交互に揉んで、女陰をいじる指の動きを加速させる。オナニーに熱が入り、ピチャッ、ニチュッという蜜音まで響きはじめた。

「もう我慢できないの……あっ、ああっ」

礼子が右手をさらに伸ばして、股間の奥深くに忍ばせる。すると、湿った華蜜の音が大きくなり、彼女の下腹部が小刻みに痙攣した。

「あううッ、入ってくる、あああッ」

夫にペニスを挿入されたところを想像しているのかもしれない。自分の指を女壺に埋めこんだのだろう、一瞬、動きをとめると再び腰をくねらせて、いっそう淫らがましい喘ぎ声を振りまいた。

「ああッ、いいの、ああッ」

右手が激しく動いている。挿入した指をピストンさせて、女壺のなかを掻きまわしているのだ。華蜜の音が大きくなり、女体の反応が顕著になった。

「感じる、あああッ、感じちゃうっ」

甘ったるい声を漏らし、立てた膝をますます開いていく。両足のつま先を内側に丸めて、シーツをキュッと摑んでいる。蜜壺に挿入した指の動きが速くなり、同時に股間をクイクイ突きあげた。

「も、もう、ああッ、もうっ」

絶頂が迫っているのは明らかだ。礼子は顔を左右に振りたてて喘ぎまくり、ついには顎を跳ねあげて硬直した。

「はああッ、い、いいっ、あンンンンンッ！」

下唇を小さく噛んで、内腿にぶるるっと痙攣を走らせる。オナニーで昇り詰めたのは明らかだ。礼子は自分の指を蜜壺で締めつけながら、孤独のオルガスムスに全身を震わせた。

（れ……礼子さん）

指一本動かせなかった。啓太は瞬きするのも忘れて、息を殺したまま未亡人の逝き果てる姿を最後まで見届けた。

彼女が達して脱力すると、啓太も肩から力を抜いて大きく息を吐きだした。いつの間にか全身汗だくだった。寝間着がじっとり湿っており、喉がカラカラに乾いている。異様な興奮状態でペニスはこれでもかと勃起しているが、さすがにこの場でしごく勇気はなかった。

礼子はぐったり仰向けになっている。

今のうちにこの場を離れるべきだ。啓太は物音を立てないように注意して、ゆっくり廊下を戻っていった。

3

まったく眠れなかった。

なんとか部屋に戻って横になったが、全身が火照って寝るどころではない。礼子のオナニーを目の当たりにしたことと、危険な状況で覗き見をしたことで、かつてないほど神経が昂っていた。

(まさか、礼子さんがあんなことを……)

自慰行為に耽《ふけ》る未亡人の姿は衝撃的だった。

昨夜はともに腰を振り合った仲だが、オナニーはセックスとは違った生々しさがある。快楽だけを求めて、自分の指で女壺を掻きまわすのだ。しかも、仏壇の前で自慰に没頭するとは驚きだった。

このままでは眠れそうにない。

暑いので布団も毛布もかけていなかった。汗ばんだ寝間着のまま、シーツの上で大の字になっていた。

とくに股間が熱を持っている。右手を伸ばして触れてみると、寝間着の前に大きなテントができていた。

（やっぱり抜かないとダメか）

ペニスは鉄棒のように硬くなっている。先ほどから屹立したまま、絶えず我慢汁を漏らしつづけていた。オナニーで達する礼子の姿が頭から離れない。一度射精して欲望を鎮めなければ眠れそうになかった。

寝間着の裾を開こうと思ったとき、襖がカタッと小さな音を立てた。

（なっ、まさか……）

慌てて気を付けの姿勢を取り、寝た振りをする。そして、期待で胸を膨らませながら、薄目で襖を確認した。

襖がゆっくり開いていく。薄目なのでわかりにくいが、寝間着姿の女性が忍んでくるのが確かに見えた。

（来た、礼子さんだ！）

今すぐ押し倒したい衝動に駆られるが、ひとまずぐっと我慢する。昨夜と同じパターンなら、きっと礼子から迫ってくるはずだ。下手に動いて、彼女の気が変わるようなことは避けたかった。

目を閉じて眠っている振りをする。

彼女がそっと近づいてきた。足音を忍ばせているが、それでも畳がミシッ、ミシッと微かに軋んだ。

(オナニーじゃ満足できなかったんだな)

熟れた淋しい身体は男根を求めているのだろう。

これから起こることを想像するだけで、勃起したペニスがヒクついてしまう。きっと寝間着にできたテントが蠢いているはずだ。もう啓太が起きていると気づいているだろう。それでも、彼女は昨夜と同じように息を潜めて隣に横たわった。

「うっ……」

寝間着の膨らみに指が触れてくる。根元のほうからツーッと撫であげて、亀頭に達すると見せかけて戻っていく。

(ああ、礼子さんの指が……)

亀頭には触れず、裏筋をゆっくりいじりまわされる。焦らしているのか、それとも今さら亀頭に触れるのを躊躇しているのか。いずれにせよ、胴体部分ばかりを延々とくすぐられて、腰がむず痒くなってきた。

「くっ……ううっ」

啓太は喉の奥で呻きながら、いつ目を開けるか考えていた。

昨夜は突然のことに驚き、されるがままだった。でも、今日は少し積極的になってもいいのではないか。なにしろオナニーを覗き見したことで、すでに欲望が燃えあがった状態だった。

そのとき、彼女の手が寝間着のなかに入りこんできた。トランクス越しに太幹を摑まれて、一気に快感がひろがった。

「ぬううッ！」

瞼の裏が真っ赤に燃えあがる。もう我慢できない。勢いよく起きあがり、添い寝をしている彼女の身体に覆いかぶさった。

間髪を容れず、寝間着の上から乳房を揉みしだく。手のひらを押し当てると、柔肉に指を沈みこませた。昨夜のことがあるので、遠慮するつもりはない。彼女もこうされることを望んでいるはずだった。

（……ん？）

なにか違和感がある。乳房の感触が昨夜と違った。蕩けるかと思うほど柔らかかったのに、今日は瑞々しい弾力を指に感じる。どちらも魅力的だが、同じ乳房とは思えなかった。

「ああっ、啓太くん」

喘ぎ声が鼓膜を振動させた瞬間、全身からサーッと血の気が引いた。声が違う。礼子ではなく裕子の声だ。豆球の光に照らされた顔をよく見ると、仰向けになっているのは妹の裕子だった。

「ど……どうして？」

瞬時に状況を理解できない。なにが起こっているのかわからず、半ばパニックに陥《おちい》っていた。

「ゆ、裕子さん？　どうして……」

「驚かせちゃって、ごめんね」

裕子は混乱している啓太を見て、申しわけなさそうに肩をすくめる。それでいながら、頬には悪戯《いたずら》っぽい笑みを浮かべていた。

「啓太くんって、意外と大胆なんですね」

恥ずかしげにつぶやくが、どこか嬉しそうだ。そして、乳房にあてがったままの啓太の手に、自分の手をそっと重ねてきた。

「あっ！　す、すみませんっ」

慌てて手を離すが、散々揉みしだいた後では、言いわけのしようがない。ただ謝ることしかできなかった。

「わたしのこと、お姉ちゃんだと思いました？」

裕子は怒る様子もなく、静かな口調で語りかけてくる。まっすぐ見つめてくる瞳は、心なしか潤んでいた。

「今夜はずいぶん積極的なんですね。もう少し、じっとしててくれると思ったんですけど」

「……え？」

啓太は頬を引きつらせて固まった。裕子はまるで昨夜のことを知っているような口ぶりだ。嫌な予感が胸の奥にひろがった。

「裕子さん……あなた、いったい……」

「じつは、見ちゃったんです」

衝撃的なひと言に目眩《めまい》を覚えた。

しかし、セックスそのものを見たとは言っていない。礼子がこの部屋に入るところを、あるいは部屋から出ていくところを見ただけかもしれなかった。

「み、見たって……なにを？」

わずかな可能性に賭けて、遠慮がちに聞き返してみる。すると、裕子は頬を赤らめて身をよじった。

「わたしに言わせるんですか？　襖の隙間から見ちゃったんです。お姉ちゃんが啓太くんの上に乗って──」

「わ、わかった！　もう、わかったから」

慌てて彼女の言葉を掻き消した。

どうやら完全に目撃されていたらしい。昨夜、裕子は廊下から覗いていたのだ。それを知らずに、啓太は久しぶりのセックスで興奮して必死に腰を振っていた。その姿を思うと恥ずかしくてならなかった。

「お世話になっておきながら……すみません」

消え入りそうな声で謝罪した。

誘ってきたのは礼子だが、拒むことなく受け入れたのは事実だ。彼女が亡き夫のことを想っていると知りながら、説得を試みようともしなかった。挙げ句の果てには快楽に流されて、何度も腰を突きあげたのだ。彼女たちの厚意を無にする浅はかな行いだった。

「ずるいです」

裕子が唇を尖らせてつぶやいた。

「お姉ちゃんだけなんてずるい」

「……はい？」

意味がわからず困惑する。裕子は駄々を捏ねた子供のように、啓太の顔をにらみつけてきた。

「わたしにも、してください」

「え……っと、どういうことでしょう？」

「わたしだって……淋しいんです」

恥ずかしげに訴えると、視線をすっと逸らしていく。

まったく予想外の展開だった。どうやら、裕子も男を求めているらしい。未亡人となった礼子が熟れた肉体を持てあましていたように、裕子も若い肉体を疼かせていたということか。

姉妹二人きりで寂れた旅館を守ってきた。他に従業員はおらず、客も来ないので、こんな山奥では出会いもないのだろう。二十八歳ならそれなりに経験も積んでいるはずで、欲求不満になってもおかしくなかった。

「あんなの見せつけられたら、わたしだって……」

裕子は顔を背《そむ》けたまま真っ赤になっている。抱かれたいと思っているが、礼子ほど積極的にはなれないようだった。

(こんなことが……)

とても現実とは思えない。社会に出てから女性と無縁の生活を送ってきたのに、いきなり二日間にわたって二人の女性から迫られているのだ。しかも、顔もスタイルも完璧な絶世の美人姉妹だった。

「お姉ちゃんはよくても、わたしはいやですか?」

「い、いやなんてことは……」

どうするべきか悩むが、答えはひとつしかない。節操のない男のようで抵抗はあるが、この流れで拒絶すれば彼女を傷つけることになってしまう。

「裕子さん……」

気持ちを確認しようと、あらたまって彼女の顔を見おろした。裕子も潤んだ瞳を向けてくる。視線が絡み合えば、彼女の熱い気持ちが伝わってきた。

「お願いします」

真剣な眼差しで懇願されて、啓太はさくらんぼを思わせる艶やかな唇に吸い寄せられていった。

「ンっ……」

触れた瞬間、裕子は睫毛を伏せて小さく鼻を鳴らした。

柔らかな唇が心地いい。まるでマシュマロに口づけしたように、ふんわりと儚《はかな》げな感触だった。

(姉妹なのに、ずいぶん違うな)

キスをしながら最初にそう思った。

礼子はいきなり舌を入れてきたのに、裕子は唇すら開こうとしない。まだ表面が触れるだけの軽いキスしか交わしていなかった。目をキュッと閉じて、唇を微かに震わせているのだ。

自分から部屋に忍びこんで悪戯を仕掛けてきたが、じつは意外にも奥手らしい。いざとなると緊張して身を硬くしていた。

(へえ、裕子さんってこういう感じなんだ)

普段はどちらかというと明るくて積極的な感じだが、男女のことになると途端に受け身になるらしい。

それでも先ほどは啓太を誘うため、無理をして股間に手を伸ばしてきた。寝間着のなかに手を入れるときは、勇気を振り絞ったに違いない。きっと何年もチャンスがなかったのだろう。そこまでして、男に抱かれたいと思っていたのだ。

(ようし、そういうことなら)

今夜は自分がリードするしかない。ここまでがんばってきた彼女の気持ちを考えると、なんとかしてあげたくなった。

柔らかい唇を割り、舌をヌルリと差し入れる。裕子は眉を困ったように歪めて、喉奥で「ああっ」と喘いでいた。啓太は構うことなく舌を絡め取り、粘膜同士をヌルヌルと擦り合わせていった。

「ンふっ……あふンっ」

舌を吸って唾液を啜りあげれば、鼻にかかった甘ったるい声で喘ぎだす。反対に唾液をたっぷり口移ししてやると、裕子は顔を真っ赤にしながら喉をコクコク鳴らして嚥下した。

どうやら、男に従順なタイプらしい。試しにディープキスをしたまま、寝間着の上から乳房を揉みしだくと、腰をくなくな振って悶えはじめた。

「あンンっ、そ、そんなにされたら……」

唇を離した途端、切なげな瞳で訴えてくる。早くも感じているらしく、寝間着のなかで内腿を擦り合わせていた。

「わたし、もう……」

我慢できなくなり、腰の揺れが大きくなる。濡れた瞳を見れば、彼女がなにを欲しているかわかった。

「じゃ、じゃあ、いいんですね？」

小声で尋ねながら寝間着の裾に手を伸ばし、そのまま左右にはだけさせる。白くて艶めかしい下肢が露わになる。とくに太腿はむちむちで、付け根に白い綿パンティが食いこんでいた。

「おおっ、見えた」

今どき珍しい飾り気のない無地のパンティだが、逆に純朴そうで好感が持てる。何年も男っ気がない証拠に思えた。

「いや、恥ずかしいです」

裕子は伏し目がちにつぶやくが、寝間着の裾を直そうとはしない。仰向けになったまま、視線だけを逸らしていた。

本気で嫌がっているわけではない。だからこそ、こうして下肢を晒している。男に見られることで悦《よろこ》びを覚えているのは間違いなかった。

「綺麗です。それにスベスベしてます」

太腿に手のひらを重ねて、そっと撫でまわしてみる。染みひとつない皮膚は肌理《きめ》が細かく、陶磁器のように滑《なめ》らかだった。

「はンンっ、そんなに触られたら……」

裕子は内腿をもじもじ擦り合わせて、恨みっぽい瞳を向けてくる。口では抗っても、呼吸は早くも荒くなっていた。

啓太は手のひらを徐々に股間へと近づけていく。彼女の反応を見ながら、パンティが貼り付いた恥丘をねっとり撫でまわした。

「ああンっ、そこはダメです」

「でも、いやじゃないんでしょう？」

「そんな……い、いやです」

彼女の恥じらう表情にそそられる。「いや」と言って首を左右に振りたくるが、決して逃げようとしない。身体は愛撫を求めているのだ。その証拠に、腰のくねり方がますます大きくなっていた。

「全部見せてください。裕子さんのすべてが見たいんです」

パンティのウエストに指をかけると、一気に引きおろしていく。白い布地の下から盛りあがった恥丘が露わになる。秘毛はうっすらとしか生えておらず、縦に走る亀裂が透けて見えるほどだった。

（姉妹でも、こんなに違うんだな）

興奮で鼻の穴をひろげながらも、頭の片隅で礼子の恥丘と比べていた。

礼子の恥丘も肉厚だったが、陰毛はかなり濃かった。ところが、裕子は申しわけ程度に生えているだけで、白い地肌がはっきり確認できた。

「ああ、そんなに見られたら……」

裕子が掠れた声で訴えてくる。そうやって恥じらう姿が、ますます啓太の獣性を刺激した。

「俺はもっと見たいんです！」

パンティをつま先から抜き取ると、今度は寝間着の帯をほどいていく。衿もとを左右に開けば、いきなり乳房が剝きだしになった。最初からこうなることを期待していたのだろう。パンティは穿いていたが、ブラジャーはつけていなかった。

「いやぁっ」

裕子は悲痛な声を漏らすが、やはり両手は身体の横につけていた。乳房はお椀を双つ伏せたような形で張りがある。頂点に乗っている乳首は薄桃色で、姉と比べるとまだ経験が浅いようだった。

いずれにせよ、姉に勝るとも劣らない抜群のプロポーションだ。腰はしっかりくびれて、尻には適度に肉がついている。その美貌と相まって、都会に出れば男たちが放っておかないはずだ。こんな田舎にいるのがもったいない女性だった。

「すごい身体だ……」

寝間着を完全に剝ぎ取り、全裸にしてしまう。シーツの上で仰向けになった女体をあらためて見まわすと、思わず感嘆の溜め息が溢れだした。

信じられないほどの美人姉妹だ。

姉は匂いたつような色香を漂わせており、妹は瑞々しい色気が感じられる。タイプは異なるが、どちらも啓太には縁のなかった極上の女性だった。

「見てるだけなんて……いや」

裕子が消え入りそうな声でつぶやいた。

散々恥ずかしがっていたが、早く刺激が欲しくて焦れている。裸に剝かれたことで、なおさら我慢ができなくなっていた。

「それなら、もう遠慮しませんよ」

我慢できなくなっているのは啓太も同じだった。

これだけの裸体を前にして、もはや欲望は爆発寸前まで膨れあがっている。ペニスは鉄塔のように勃起したままで、大量に溢れた先走り液でトランクスのなかはひどい状態になっていた。

彼女の下半身にまわりこみ、両膝をグイッと押し開く。下肢がM字形になり、秘めたる部分が剝きだしの格好だ。ついに裕子の割れ目が、豆球の光に煌々《こうこう》と照らしだされた。

「ああっ、ダメぇっ」

羞恥の悲鳴は、もちろん歓喜の裏返しだ。裕子は淫裂を見られることで昂り、ミルキーピンクの陰唇をヒクつかせた。

「こ、これが……」

啓太は思わず言葉を失った。

割れ目はぐっしょり濡れそぼって、尻の穴まで透明な汁が垂れている。二枚の肉唇がウネウネ蠢き、岩清水のような華蜜が滾々《こんこん》と滲み出ているのだ。理性が揺さぶられるほど、淫らで美しい光景だった。

「ゆ、裕子さんっ、うむううウッ！」

ほとんど無意識のうちに股間に顔を埋めていた。両脚を押さえつけたまま、這いつくばって陰唇にむしゃぶりつく。蕩けるほど柔らかい陰唇を口に含み、甘露のような愛蜜を啜りあげた。

(女の人のアソコを舐めてるんだ)

自覚するほどに気持ちが高揚していく。じつはクンニリングスするのはこれが初めてだ。学生時代に付き合っていた恋人は、恥ずかしがって許してくれなかった。

彼女の割れ目に誘われて、気づくと陰唇に口づけしていた。

「あああッ、ダメっ、はあああッ」

裕子の唇から嬌声が迸った。女体が仰け反り、両手でシーツを握りしめる。全身に力が入って、宙に浮いたつま先がピンッと伸びきった。

「うむっ、甘くてすごくうまいです」

啓太は呻きながら、陰唇をしゃぶりつづける。女穴が緩んでぱっくり口を開き、華蜜が次から次へと溢れだす。それを一滴残らず啜りながら、割れ目の上端にあるクリトリスを舌先で転がした。

「あうンッ、そこっ、ああッ、あああッ」

肉芽を刺激したことで、彼女の反応はいっそう顕著になる。張りのある乳房を揺らして、腰を何度も跳ねあげた。

「トロトロになってますよ」

「ひあッ、そ、それは、あああッ」

尖らせた舌を挿入すると、裕子の喘ぎ声が甲高くなった。ここぞとばかりに膣内を搔きまわし、舌先で濡れ襞を舐めあげる。すると膣口がキュッと締まり、内腿が小刻みに震えだした。

「はうぅッ、ダ、ダメ、ダメぇっ」

よがり声が切羽詰まってくる。絶頂が迫っているのは間違いない。啓太はさらに舌を深く挿入して、陰唇全体を吸いあげた。

「はむうぅッ！」

「本当にダメなの、あああぁッ」

彼女の声には耳を貸さず、舌先で膣壁を舐めまわす。さらには陰唇が伸びるのも構わず、猛烈な勢いで吸引した。

「ひぃいッ、ひあぁッ、いいっ、も、もう……あはぁあああああぁッ！」

大股開きの女体が硬直したかと思うと、直後に激しく痙攣する。経験の少ない啓太でも、アクメに昇り詰めたのがまざまざとわかった。

「あっ……ああっ……」

股間から口を離すと、裕子は脱力してシーツの上に四肢を投げだした。

意識が飛びかけているのか、呆けた顔を天井に向けている。全身が汗ばんで、ねっとり光っているのが淫らがましい。ハァハァと荒い息を撒《ま》き散らすたび、大きな乳房が静かに波打った。

「お、俺も……」

もうこれ以上は我慢できない。礼子のオナニーを覗き見たときから興奮状態が継続している。裕子にクンニリングスしたことでさらに昂り、ペニスはかつてないほど勃起していた。

寝間着を脱ぎ捨てるとトランクスも一気におろす。バットのように屹立した逸物が跳ねあがり、我ながら誇らしい気持ちになる。どうだと言わんばかりに肉柱を揺らし、仰向けになっている彼女に覆いかぶさった。

「け、啓太くん」

裕子はペニスをチラリと見やり、途端に双眸を見開いた。

「やだ……大きい」

昨夜も礼子との交わりを見ているはずだが、近くで目にしたことで逞しさを実感したらしい。怯えたように首を振りはじめる。それでも、瞳の奥には期待の色が見え隠れしていた。

やはり男を求めている。はっきり口にすることはないが、身体が欲しているのは間違いない。彼女の物欲しそうな瞳がすべてを物語っている。本当は硬くて太いペニスで貫かれたくて仕方ないのだ。

「裕子さん！」

正常位の体勢で覆いかぶさり、亀頭の先端を濡れそぼった割れ目に押し当てる。途端にクチュッと蜜音が響き、女体が小さく跳ねあがった。

「あンっ、当たってる」

裕子は眉をたわめてつぶやきながらも逃げようとしない。それどころか、啓太を迎え入れるように両手をひろげた。

「行きますよ……んんっ」

腕立て伏せのように彼女の顔の横に両手をつき、腰をゆっくり突き出していく。すると、亀頭が陰唇を押し開き、熱い女壺に沈みこんだ。

「くううッ、こ、これが、裕子さんの……」

「は、入っちゃう、あああッ！」

ぽってりした唇から喘ぎ声が溢れ出す。裕子は切なげな顔で両手を伸ばし、啓太の首に巻きつけてきた。

「ああッ、啓太くんっ」

「おっ……おおっ……入りましたよ」

自然と上半身を伏せる格好になり、胸板と乳房が密着する。双つの柔肉がプニュッとひしゃげるのが心地よく、急激に一体感が高まった。

「ああンっ、わたしのなかに、啓太くんが……」

「くぅッ、ゆ、裕子さんと……」

亀頭が膣壁に包みこまれて、女壺全体が蠕動《ぜんどう》を開始する。膣襞がいっせいに絡みつき、ペニスを奥へ奥へと引きこんでいく。同時に膣口も締まり、茎胴が思いきり絞りあげられた。

「ううッ、きつい」

「ゆ、ゆっくり……ああッ、久しぶりだから」

裕子が掠れた声で懇願する。首にしっかり両腕を巻きつけて、肉厚の唇で耳たぶをそっと嚙んできた。

「そ、そんなこと言っても、裕子さんが吸いこんでるんですよ」

すでにペニスは半分以上が埋まっている。早くも快楽にまみれており、カウパー汁がとまらなくなっていた。

「ほら、アソコがグニグニ動いてます」

「言わないで……ああッ、わたし、そんなこと……」

いやらしい言葉をかけられただけで、裕子は激しく反応する。啓太に強くしがみつき、たまらなそうに腰をくねらせた。

「また締まってきた……ふんんッ！」

男根を最後まで叩きこむ。根元までずっぽり埋まり、なかに溜まっていた華蜜がジュプッと溢れだした。

「ああッ、そんなに強く……」

抗議の声を無視して、さっそくピストン運動に突入する。女体をしっかり抱きしめると、腰をゆったり振りたてた。

「あッ……ダメっ……ああッ」

スローペースの抽送だが、すぐに彼女の唇から艶っぽい声が溢れ出す。張りだしたカリで膣壁を擦りあげるたび、女体に小刻みな震えが走り抜けた。

「これが感じるんですね」

「あンッ、ち、違います、ああンッ」

「でも、こうやって擦ると」

試しにわざとカリを押し当てて、膣襞を抉《えぐ》るように腰を振る。亀頭が抜け落ちる寸前まで引き抜き、一気に根元まで叩きこんだ。

「はあンッ、つ、強い……ああッ、強いです」

訴えかけてくる声に、甘ったるい響きが混ざっている。男の身勝手なピストンでも感じるらしい。

（やっぱりそうか）

彼女の反応を見て最初から思っていたことが、確信に変わっていた。

刺激を求めているが、基本的に受け身が好きなのだ。自分から積極的に動くタイプではなく、責められるほうが興奮するのは間違いなかった。

そうとわかれば、もう気を使う必要はない。欲望のままに腰を振り、奥の奥まで抉るだけだ。

啓太は密着させていた上半身を起こすと、彼女の細い足首を摑んで持ちあげた。両脚をそれぞれ肩に担ぐようにして、女体をグッと折り曲げる。自然と尻がシーツから浮きあがり、エビのように丸まった。

「はううッ、ダ、ダメぇっ」

裕子の唇から弱々しい声が溢れ出した。

ペニスを真上から打ちおろす格好になり、先ほどとは異なる刺激を受けているはずだ。口では「ダメ」と言っているのに、膣は嬉しそうに締まり、太幹を思いきり絞りあげていた。

「うくッ、すごい反応ですね」

「こんな格好、ああッ、いやです」

戸惑っているが確実に感じている。膣壁がうねっているのがその証拠だ。

子宮口にぶつかるまで突き刺さったペニスに、無数の襞が絡みついている。より深く繋がることのできる屈曲位だ。裕子は怯えた瞳で見あげながらも、焦れたように腰をもじもじさせていた。

「深すぎて……怖いの」

「こんなに締まってるのに？」

さらに股間を押しつけて、亀頭の先端で子宮口をグリグリ刺激する。たったそれだけで、裕子は首を激しく振りたてた。

「ひッ、ひあッ、ダメっ、それダメですっ」

「ここですか？　ここが感じるんですね？」

集中的に子宮口を責め立てる。亀頭で散々圧迫してから、小刻みなピストンを加えていく。最深部を軽くノックすると、女体が艶めかしくうねりだした。

「ああッ、ああッ、そこっ、あああッ」

凄まじい反応だ。裕子はシーツを掻きむしり、涙まで流して喘ぎはじめた。そんな彼女の乱れた姿に誘われて、啓太の腰振りにも自然と力がこもっていく。

「ううッ、お、俺も……」

急激に射精感が盛りあがっている。せめて彼女が昇り詰めるまでと奥歯を食い縛り、腰の動きを加速させた。

ストロークを大きくして、カリで膣壁を擦りあげてから、亀頭を子宮口に叩きつける。摩擦と圧迫を交互に行うことで、複雑な快感を次々と送りこむ。彼女は腰をよじらせて、ただ喘ぐだけとなっていた。

「け、啓太くん、あああッ、もう、もうダメですっ」

「くううッ、気持ちいい、すごく気持ちいいですっ」

感じているのは啓太も同じだ。もう手加減をする余裕はない。掘削機のようにペニスを打ちこみ、女壺を奥の奥まで抉っていく。華蜜とカウパー汁が混ざり合い、湿った音が響き渡った。

「ああッ、いやっ、あああッ、いやっ」

「ぬおおおッ、裕子さんっ」

全身が燃えるように熱くなっている。腰を振るたび額から汗が滴《したた》り、彼女の顔を濡らしていく。それでも、裕子は嫌がる素振りを見せず、よがりながら啓太の顔を見つめていた。

「はンンッ、い、いいっ、すごくいいですっ」

「お、俺もです、くおおおッ！」

ラストスパートのピストンに突入する。肉柱を真上から叩きこみ、自分勝手に女壺のなかを抉りまくった。

「あああッ、あああああッ」

「くうううッ、もうダメだっ、で、出るっ、ぬおおおおおおおッ！」

ついに唸《うな》り声をあげながら、欲望の丈《たけ》を放出する。根元まで埋めこんだペニスを脈動させて、大量の白濁液を注ぎこんでいく。股間で爆発した快感が全身へとひろがり、筋肉という筋肉が感電したように痙攣した。

「あああッ、いいッ、わたしも、もうダメっ、あぁあああああああッ！」

裕子もアクメの嬌声を振りまき、両手でシーツを掻きむしった。背中を仰け反らして、男根をこれでもかと締めあげる。屈曲位の苦しい体位で、首を左右に振りたてながら昇り詰めていった。

啓太は腰を股間にぴったり押しつけて、最後の一滴までザーメンを流しこんだ。

睾丸のなかが空になると、彼女の隣にばったり倒れこむ。ぼんやり天井を見あげて、乱れた息を整えた。

昨夜に引きつづき、またしても最高の快楽だった。礼子は積極的だったが、裕子はまったく正反対の受け身のタイプだ。二晩つづけて姉妹とセックスするとは信じられなかった。

こんな幸運があっていいのだろうか。そんなことを考えながら、心地よい眠りに落ちていった。

第三章　濡れ光る森

1

三日目の朝、啓太はカーテン越しに差しこんでくる朝の光で目を覚ました。

「ううん……よく寝た」

布団のなかで思いきり手足を伸ばす。睡眠時間を考えると寝不足でもおかしくないが、気持ちよく射精したせいか眠りが深かった。

立ちあがると全裸だったので、脱ぎ捨ててあったトランクスを穿き、寝間着を羽織って帯を締めた。その直後、まるで啓太が起きるのを待っていたように、襖《ふすま》の向こう側から声がかかった。

「おはようございます。お食事をお持ちしました」

礼子の穏やかな声が聞こえてくる。気持ちのいい朝に相応《ふさわ》しい声だが、昨夜の裕子とのことがあるので顔を合わせづらかった。

「は、はい、起きてます」

返事をして布団を畳んでいると、襖が開いて礼子が入ってくる。この日は春らしいレモンイエローのブラウスに若草色のフレアスカートだ。背後からは、小花を散らした柄のワンピースを纏《まと》った裕子がついてきた。

「よく眠れましたか?」

気まずくて視線を逸らすが、裕子は構うことなく話しかけてくる。

「お、おかげさまで」

言った直後に誤解を受けそうだと思った。すると、裕子は口もとに微かな笑みを浮かべて見つめてきた。

(ちょ、ちょっと、礼子さんがいるから)

思わず心のなかでつぶやき、礼子を見やった。

ところが、澄ました顔をしている。隣の部屋なので声が聞こえたのではないかと思うが、昨夜のことは気づかなかったのだろうか。とにかく、礼子は気に留める様子もなく、部屋の隅に置いてある卓袱台に向かった。

「あっ、俺がやります」

慌てて駆け寄り、卓袱台を抱えこんで中央に運んだ。

姉妹が朝食を並べてくれる。朝から手作りの食事が食べられるのだ。これほど幸せなことはなかった。

（でも、いい加減、甘えてるわけには……）

カーテンを開け放つと、窓の外には青空がひろがっていた。

ついに雨がやんでしまった。そろそろ潮時だろう。今日こそ出ていくつもりだ。これ以上、彼女たちに迷惑はかけられなかった。

「啓太さん、お座りになって」

「温かいうちにどうぞ」

姉妹に声をかけられて、卓袱台の前に腰をおろした。

もちろん、彼女たちもいっしょだ。鯖の塩焼きも卵焼きも、なにを食べてもじつにうまい。ひとり暮らしが長かったせいだろう、こうしてみんなで食事を摂る時間が楽しくて仕方なかった。

だからこそ、嫌われる前に綺麗に立ち去りたい。やさしい二人は微塵《みじん》も態度に滲ませないが、こういうことは自分から切り出すのが礼儀だろう。

「あの——」

「今夜はなにを食べたいですか？」

啓太の言葉を遮《さえぎ》り、礼子が話しかけてきた。

「いえ、今夜は——」

「お肉がいいな。わたし、すき焼きが食べたい」

今度は裕子が言葉をかぶせてくる。またしても啓太の声は掻き消されてしまった。

「ゆうちゃんじゃなくて、啓太さんに聞いてるのよ」

「だって、すき焼きが食べたいんだもの」

啓太を差し置いて姉妹が言葉を交わしている。夕飯をいっしょに食べるのが当たり前の空気になっていた。

「ねえ、啓太くん、いいですよね？」

裕子が甘えるように声をかけてくる。礼子もやけに真剣な瞳で見つめてきた。

二人は啓太を引き留めようとしている。ここで「うん」と言ってしまえば、自動的にもう一泊できるだろう。

「でも、やっぱり……」

逡巡しながらもつぶやくと、姉妹の表情が同時に陰った。

「せめて元気になるまでいてください」

「そんなに急がなくてもいいじゃないですか」

二人は啓太の心情を見抜いているのかもしれない。

心身ともに疲れきって、行く当てもなく東京から流れてきた。そんな男を憐れに思っているのだろう。

（本当にいいのか？）

彼女たちとの暮らしは夢のようだった。すでに離れがたい気持ちになっている。これ以上いっしょにいたら、それこそ別れがつらくなってしまう。

「啓太さん……男の人にいてほしいんです」

しっかり者の礼子に頼りにされて心が揺れる。

「お願いだから、もう少しだけ」

愛らしい裕子の懇願も無下にはできない。二人に見つめられて、押し切られる形で啓太はこっくり頷いた。

「じゃあ、もう一泊……」

そのひと言で姉妹の表情に明るさが戻った。

二人が喜んでくれると、啓太の気持ちも軽くなる。自然と笑みがこぼれて、これでよかったのだと心から思えた。

まだここに居てもいいのだ。自分の居場所があることが、なにより嬉しかった。再び箸を手に取り、残りのご飯を一気に平らげた。

朝食を終えて、姉妹が洗いものをはじめた。

啓太は洗濯してもらったジーパンとチェックのシャツに着替えると、軍手を借りて外に出た。

旅館の周囲の草むしりをすると自ら申し出たのだ。廃屋と勘違いするほど生い茂っていた雑草が気になっていた。

啓太が宿泊客だったら、それなりの料金になっていたはずだ。厚意で泊めてもらうのだから、なにか手伝いをしなければならない。男手が足りないのだから、こういった体を使う雑用が一番だろう。

「よいしょ！」

雑草を両手で摑み、気合いを入れて引っこ抜く。根がしっかり張っているので、周囲の土まで盛りあがった。

（こいつは重労働だぞ）

安請け合いしたが、思っていた以上に大変だ。それでも、姉妹が喜ぶ顔を想像するとやる気が出た。とにかく、地道にやっていくしかない。時間はたっぷりあると自分に言い聞かせて作業に没頭した。

「ふぅっ」

額に浮かんだ汗を、軍手の甲で拭った。

ずっと前屈みなので、気づくと腰が張っていた。ゆっくり体を起こし、腰を伸ばしながら空を見あげていく。

（ああ、いい天気だなぁ）

雲ひとつない青空がひろがっていた。東京のくすんだ空とはまるで違う。ずっとこの空の下で暮らせたら、どんなに幸せだろう。

昼間はこうして汗を流し、夜になれば美人姉妹を一日置きに交代で抱く。そうやって永遠に三人だけで生活していくのだ。

（ふっ……バカだな、俺）

思わず苦笑が漏れた。

あまりにも現実離れした妄想だった。宿泊客が来ない旅館で、どうやって収入を得るのだ。食べなければ生きていけないことは、無職になった啓太も痛いほどわかっていた。

（それにしても……）

ふと疑問が湧きあがる。

あの姉妹はどうやって生活費を捻出しているのだろう。いくらつましい暮らしを送っていても、最低限の食費はかかるはずだ。

親から引き継いだものがあるのか、それとも繁盛していたときの貯金を切り崩しているのか。いずれにせよ、暮らしは楽ではないだろう。

（俺、本当にここに居てもいいのか？）

今さらながら、そんなことを考えてしまう。舗装された道路に抜ける細い道をチラリと見やった。

東京に帰りたいとは思わない。だが、これからのことを考えると不安になる。自分はどうなってしまうのだろう。いったい、どこに流れ着くのだろう。散々悩んだが答えは出なかった。

それならば、せめて今だけは束《つか》の間《ま》の幸せに浸っていたい。心地よい夢のなかを漂っていたかった。

コンクリートに囲まれた都会と比べたら、ここは天国に思えた。

森を抜けた爽やかな風が、若草の香りを運んでくる。耳を澄ませば、小鳥の囀《さえず》りも聞こえていた。

（それに、綺麗な湖もある）

大きくて穏やかな湖だった。

よく考えてみれば、まともに眺めるのは初めてだ。ここに辿り着いたときは日が暮れる寸前だったし、昨日は雨が降っていたので窓から見ただけだった。

草むしりを中断して、湖の畔をぶらぶら歩いてみた。

対岸は遥か彼方《かなた》で、建物はいっさい見当たらない。森に囲まれた静かな空間で、遠くの山々が美しい。静かな水面に日の光がキラキラ反射していた。

「ああっ、気持ちいい」

湖に向かって大きく息を吸いこんでみる。湖面を渡ってきた風は清らかで、体が浄化されるような気がした。

軍手を外してジーパンの後ろポケットに押しこみ、水際まで歩み寄ってみる。湖は澄んでいるが、浅瀬はわずかで急激に深くなっているようだ。翡翠《ひすい》色の水底を見つめていると、不思議な力で引きずりこまれそうだった。

「湖に近づくと危ないですよ」

ふいに背後から声をかけられてドキリとする。

振り返ると、すぐ近くに礼子が立っていた。まったく気配を感じなかったが、いつの間に歩み寄ったのだろう。なぜか無表情でまっすぐ見つめてくる。黒髪が風になびいて、フレアスカートの裾がふわっと舞った。

「ちょっと眺めていただけです」

軽く返すが、礼子は表情を崩さない。怖いくらい真剣な瞳を向けていた。

もしかしたら、なにか勘違いさせてしまったのだろうか。ここで出会った日は、確かに絶望的な気持ちになっていたが、今はまったくそんなことはない。将来に不安は抱いていても、早まったことをする気はなかった。

「お願いだから湖に近づかないで」

裕子の声だ。礼子の後ろに裕子も立っていた。にこりともせずに啓太の顔を見つめている。よほど心配していたのか、怒りさえ感じられた。

礼子の夫、哲也が湖に転落して亡くなったと聞いている。そのことがトラウマになっているのだろう。だから、こんなにも神経質になっているのだ。

「湖に行くときは、わたしかゆうちゃんに言ってください」

「啓太くん、約束してください」

礼子と裕子が懇願してくる。軽口や冗談で誤魔化せる雰囲気ではなかった。

「わ、わかりました、約束します」

とにかく、二人を安心させたくて約束した。

完全に誤解されていると思うが、訂正したところで信じてもらえそうにない。このまま湖に入ったらと、この間はなげやりな気分だったので、彼女たちが心配するのも当然のことだろう。

「草むしり、途中なんでやっちゃいますね」

努めて明るい声で告げるが、姉妹の表情は硬かった。

水際から離れて、旅館の前まで歩いていく。すると二人は黙って啓太の後ろをついてきた。

「そうだ。じゃあ、大風呂の掃除をしますよ。温泉なんですよね？　俺、入ってみたかったんです」

ふと思い出したので提案してみる。

啓太が外に出ていると、彼女たちは不安で仕方ないだろう。ずっと黙って見ていられるのも落ち着かない。それならば、旅館のなかで仕事を探そうと考えて、宿泊客用の露天風呂のことを思い出した。姉妹だけでは手がまわらず、しばらく使っていないという話だった。

「それなら、みんなでお掃除しましょうか」

「賛成！　なんだか楽しそう」

礼子の提案に裕子が同意する。ようやく姉妹に笑顔が戻り、啓太の頬も自然とほころんだ。

(よかった……やっぱり二人は笑っているほうがいいよ)

ほっと胸を撫でおろし、三人で旅館のなかに戻っていった。

2

夕食は裕子がリクエストしたすき焼きだった。

これまで食べたことのない霜降りの牛肉だ。こんな高級なものをご馳走になっていいのだろうかと思いながらも、つい食べ過ぎてしまった。草むしりと風呂掃除の肉体労働で疲れきっていたので、なおのこと美味しく感じられた。

その後、姉妹にうながされて温泉に向かった。

三人で一時間半もかけて掃除をしたのだ。デッキブラシを使い、床から浴槽まですべてを磨きあげた。作業は大変だったが、姉妹がいっしょだったので楽しかった。

啓太は脱衣所で服を脱ぎ、タオル一枚で大浴場に足を踏み入れた。

壁際にシャワーが並んでいて大きな浴槽がある。その前を素通りすると、奥にあるガラス戸を開いた。

「おおっ、いいね」

思わず笑みがこぼれる。目の前にあるのは、大きな岩をいくつも組み合わせて作られた宇津井亭自慢の露天風呂だ。

積みあがった岩の上から絶えず湯が湧きでて、浴槽に落ちていく。その音だけが静寂のなかに響いていた。

女湯とは竹垣で仕切られているが、周囲を遮るものはない。壁をなくすことで、すぐそこに森を感じられるようになっている。照明器具もあえて最小限にしてあるので、落ち着いた雰囲気だ。今夜は月が出ているため、うっすら森が見渡せた。

自然の風が吹き抜けるのが心地いい。この時間だと少々肌寒いが、そのぶんゆっくり湯に浸かることができるだろう。

浴槽の近くに木製の風呂椅子を置き、さっそく木桶でかけ湯をする。そのとき、背後でガラス戸の開く音が聞こえた。

「失礼いたします」

礼子だった。

黒髪をアップにまとめて、なぜかキャミソール一枚という格好だ。いや、昔のシミーズと言ったほうが合っている。白の無地で、飾り気のない地味な下着だった。

「れ、礼子さん？」

啓太は慌てて脇に置いてあったタオルで股間を隠した。

わけがわからずに焦るが、ついつい視線は女体に惹きつけられてしまう。シミーズの胸もとが大きく盛りあがっている。乳房の丸みがはっきりわかり、丸みの頂点にはうっすら乳首が透けていた。

（お、おい、ノーブラかよ……）

生地は身体に密着して、腰の曲線が露わになっている。股間がギリギリ隠れる丈だが、恥丘のあたりが黒っぽく見えるのは気のせいだろうか。もしかしたら、パンティも穿いていないのかもしれない。

「あの……」

声をかけるが、視線は女体に吸い寄せられたままだった。

むっちりした太腿はもちろん、すらりとしたふくらはぎと締まった足首も素晴らしい。足の指すら、見ているだけでドキドキするほど色っぽかった。

「お背中、流しますね」

礼子はそう言うと、当然のように歩み寄ってくる。そして、風呂椅子に座っている啓太の背後にしゃがみこみ、股間を隠しているタオルをすっと抜き取った。

「わっ！　ちょ、ちょっと……」

すぐさま太腿を閉じて股間を隠す。ところが、彼女は涼しい顔で石鹸《せっけん》置きに手を伸ばした。

「今日はありがとうございました。啓太さんのおかげで、また温泉に入ることができます。妹も喜んでいました」

「い、いえ、俺はお手伝いをしただけですから」

恐縮して頭をさげる。すると、彼女が背後で息を呑むのがわかった。

「もう二度と入れないと覚悟していました」

「礼子さん？」

そんなおおげさなと思ったが、なにやら深刻な雰囲気だ。それほどまでに生活が苦しいということだろうか。すき焼きなどご馳走になってよかったのか、今さらながら申しわけない気持ちになってきた。

「妹と二人だけでは、とても……」

やはり旅館の再建はむずかしいようだ。これほどの美人姉妹がいるだけでも話題になりそうなものだが、そんな簡単な問題ではないということか。

「なにか俺にできることがあれば――」

途中まで言いかけて言葉に詰まった。

協力したい気持ちはある。彼女たちに癒してもらった恩返しがしたい。でも、自分のこともままならないのに、人助けなどできるはずがなかった。

「俺なんて力になれないですよね……すみません」

自虐的な気分になってしまう。がっくりうつむくと、泡立てたタオルが背中に押し当てられた。

「そんなことありません。啓太さんは、わたしたちを助けてくれました」

礼子が穏やかな口調で話しかけてくる。そして、ゆっくりタオルを動かし、背中を擦ってくれた。

「俺が……礼子さんたちを？」

「淋しい思いをしていたわたしたちを慰めてくださいました。啓太さんには心から感謝しています」

「そんなことは……」

啓太はまたしても言葉に詰まってしまう。彼女の言葉に微妙な含みを感じた。

（まさか……）

妹を抱いたことを知っているのだろうか。そうだとすれば、「わたしたち」という言い方もしっくりくる気がした。

「もう少し強いほうがいいですか？」

背中を擦りながら尋ねてくれる。人に背中を流してもらうのは何年ぶりだろう。誰かが自分のことを気にかけてくれるだけで幸せだった。

「とっても気持ちいいです」

心の底からつぶやいた。こうして礼子と過ごす時間が、啓太にとっては貴重なものだった。

「大きい背中ですね」

「俺なんて、たいしたことないです……」

ごく平均的な体格だ。体だけではない。顔にしても頭にしても、自慢できるものはなにも持ち合わせていなかった。

「男の人の背中です。それだけで充分です」

礼子の囁く声に、未亡人の淋しさが感じられた。慈《いつく》しむように背中を擦られて、啓太はなにも言葉を返すことができなかった。

そのとき、彼女の手がヌルリと腋《わき》の下をすり抜けた。

（わっ、な、なんだ？）

なぜかタオルを持っていない。泡まみれの手のひらが、両脇から体の前にまわりこんでいた。胸板を撫でまわされて、くすぐったいのと気持ちいいのとで、思わず腰がくねってしまう。

「ううっ、なにしてるんですか？」

首をひねって背後を見やる。すると、礼子の顔がすぐ近くに迫っていた。

「体を洗っています。いやですか？」

背中に抱きつくようにして、耳もとで囁いてくる。もちろん、その間も両手をねちっこく動かしていた。

「い、いやではないですけど……」

「それなら、いいじゃないですか」

円を描くように大胸筋を撫でまわし、不意を突くように乳首を掠《かす》めていく。シャボンのぬめる感触だけではなく、乳首を擦られる刺激が不規則に襲ってくるのだ。こらえようとしても、どうしても呻き声が溢れてしまう。

「うっ……うう っ」

すでに乳首は硬くなっている。ただでさえ感じやすいのに、尖り勃《た》ったことでさらに敏感になっていた。

「どうかしましたか？　声が出てますよ」

礼子は何食わぬ様子で尋ねてくるが、間違いなくわざとだ。その証拠に指先で乳首を集中的に擦りあげて、耳たぶに唇を触れさせてきた。

「くうッ、れ、礼子さん」

背中に女体が触れているのも気になって仕方がない。シミーズが泡で濡れるのも構わず、彼女はぴったり身体を押しつけている。乳房がプニュッと柔らかくひしゃげるのがわかり、胸の鼓動が速くなった。

「気持ちいいですか？」

「は、はい」

つい正直に答えてしまう。すると、彼女は「ふふっ」と笑い、耳たぶを甘噛みしてきた。

「んううっ」

「じゃあ、もっと気持ちいいことしてあげます」

礼子の声のトーンが一段低くなった。

胸板を撫でまわしていた手が、ゆっくり下にさがりはじめる。腹部に泡を塗り伸ばし、やがて陰毛が茂る際どい部分に到達した。

「そ、そこは……」

太腿を閉じて股間をガードしているが、すでにペニスは屹立している。跳ねあがろうとしているのを、太腿で無理やり押さえている状態だった。

「脚を開いてください。これだと洗えませんよ」

あくまでも体を洗うという名目で、啓太の体を触りまくっている。礼子はいったん石鹸を手にして泡を追加すると、再び背後から股間に手を伸ばしてきた。

「まだ力が入ってますよ」

陰毛を泡まみれにして、太腿の境目を指でなぞられる。ゾクゾクする快感が湧きあがり、ペニスがさらに硬くなった。

「も、もう……ううっ」

じっとしていられなくなり、ついに太腿が離れてしまう。途端にこれでもかと硬直した男根が、バネ仕掛けのように勢いよく跳ねあがった。

「あンっ、すごいわ」

礼子が弾んだ声をあげて、さっそく両手を股間に滑りこませてくる。まずは太腿と陰嚢《いんのう》の付け根に、泡まみれの指を這わせてきた。蒸れた部分を清めるように、たっぷりのシャボンがまぶされる。

「く、くすぐったいです」

腰を動かさずにはいられない。自分の膝を強く摑み、無意識のうちに上体を右に左に揺らしていた。

「少しだけ我慢してくださいね。すぐに気持ちよくなりますから」

そう言った直後、彼女は左手で陰嚢を包みこみ、右手の指を竿に絡めてくる。蕩《とろ》けるような快感がひろがり、亀頭の先端から我慢汁が溢れ出した。

「おううッ、き、気持ち……」

「そんなにいいですか？　でも、まだまだですよ」

礼子は両手を巧みに動かし、絶妙な刺激を送りこんでくる。皺《しわ》袋をやわやわと揉みながら、太幹をヌルリヌルリと擦るのだ。肉棒はさらに硬くなり、もはやカウパー汁がとまらなくなっていた。

「くッ、ま、まだ……ううッ」

こんなに早くイッてなるものかと、奥歯を強く食い縛る。すると、背中に密着している礼子が耳の穴に息を吹きこんできた。

「その調子ですよ。じっくり楽しみましょうね」

「れ、礼子さん?」

背後をチラリと見やれば、彼女と視線が重なった。どうやら、こちらの限界をわかっているらしい。

「そ、そんな……うむむッ」

懸命に耐えていたつもりが、イカないようにコントロールされていた。射精しない程度の適度な快楽を与えられていたのだ。

「もっといいこと、したいですか?」

貞淑《ていしゅく》な未亡人の裏の顔が見えてきた。

決して偽《いつわ》っているわけではない。淑やかな女性であるのは確かだが、心の奥底に淫《いん》蕩《とう》な一面も持っているのだ。

「啓太さんのここ、ヒクヒクしてますよ」

耳の穴に舌を差し入れて、ペニスをゆったり擦りあげてくる。右手は肉竿に、左手は乳首に移動していた。耳と男根と乳首、三箇所を同時に責められて、快感の嵐が吹き荒れた。

「ま、待ってくだ……ううぅッ」

啓太は射精寸前まで追いつめている。腰が意思とは無関係に大きく揺れて、先走り液がお漏らしのように溢れていた。

「ぬううッ、も、もうっ」

「あンっ、まだダメですよ」

太幹に巻きつけられていた指がすっと離れてしまう。もう少しで達するところだったのに、直前で絶頂がはぐらかされた。

とはいっても、すべての刺激がなくなったわけではない。左右の乳首を摘まれて、耳をヌルヌル舐められていた。

「くうッ、れ、礼子さん、もう、俺……」

たまらず背後を振り返る。すると、礼子の淫らな姿が視界に飛びこんできた。シミーズがぐっしょり濡れて、肌にぴったり貼りついているのだ。乳房の丸みはもちろん乳首も透けており、股間の茂みも黒く浮かびあがっていた。

「が、我慢できません」

「じゃあ……わたしも、お願いします」

愛撫されながらの懇願に、啓太は何度も首を縦に振る。早く射精したくて仕方がない。すっかり快楽の虜《とりこ》になっていた。

礼子が木桶で浴槽の湯を掬《すく》い、啓太の肩にかけてくれる。二度、三度と繰り返すことで、泡がすっかり洗い流された。

彼女はその場に立ちあがり、濡れたシミーズを脱いでいく。恥じらいの表情を浮かべながらも、ついに一糸纏わぬ姿になっていた。

「啓太さん、行きましょう」

かけ湯を終えると、礼子がすっと手を差し伸べてくる。啓太は釣られるように彼女の手を取った。

「足もとに気をつけてくださいね」

そのまま岩風呂へと導かれる。彼女は啓太の手を引きながら、湯のなかへと入っていく。熱めの湯が心地いい。それにしても、まさか礼子といっしょに温泉に入るとは思いもしなかった。

一番奥の一角に腰の高さほどの大きな岩がある。彼女はそこまで行くと、こちらに向き直って寄りかかった。

「啓太さん……」

首に腕を巻きつけて抱き寄せられる。乳房と胸板がプニュッと密着して、顔が一気に近づいた。

「はあンっ」

彼女の柔らかい唇が半開きになり、熱い吐息が溢れ出す。甘い香りに誘われて、啓太は自然と唇を重ねていた。

「礼子さん、うむむっ」

「あふっ……むふンっ」

すかさず舌を差し入れる。すると、礼子も鼻を鳴らしながら柔らかい舌を絡めてくれた。ヌルリ、ヌルリと滑る感触がたまらない。ペニスはますますいきり勃ち、彼女の下腹部にぴったり密着した。

「ああンっ」

お返しとばかりに、礼子も舌を入れてくる。頬の内側から歯茎まで、念入りに舐めまわされていく。とろみのある唾液を口移しされて、メープルシロップのような甘みがひろがった。

全身が蕩けていくようだ。それでいながらペニスは青筋を浮かべて、棍棒のように硬直している。先端からは透明な汁が泉のごとく溢れだしていた。濃厚なディープキスだけで全身が震えるほど昂《たかぶ》った。

膨れあがる欲望のまま、右手を乳房に重ねていく。張りがあるのに柔らかい、マシュマロのような感触がたまらない。柔肉に指をめりこませて揉みしだくと、さらに気持ちが高揚した。

「ンふううンっ」

手のひらに硬いものが触れて、礼子が腰をよじらせる。乳首が勃っているのだ。乳房を揉むほどに、乳首は硬さを増していった。

「ンふっ……あふっ……ンふぅぅ」

礼子も興奮しているのか、呼吸が荒くなっている。舌を強く吸われて、頭の芯までジーンと痺れてきた。

「も、もう、我慢できませんっ」

唇を離して訴える。男根は爆発寸前まで膨らみ、陰嚢のなかで大量のザーメンが沸きたった。

「わたしもです……」

礼子が右足を持ちあげて、浴槽の縁の岩に乗せあげた。

大きな岩に寄りかかり、片脚だけ膝を九十度に曲げて外側に開いた状態だ。陰毛が濃く茂った恥丘の下、白い太腿の付け根にサーモンピンクの陰唇が覗いている。やはり興奮していたのだろう、割れ目はぐっしょり濡れそぼっていた。

汗ばんだ乳房が、身じろぎするたび重たげに揺れる。乳首は刺激を欲して尖り勃ち、くびれた腰がくねっていた。これほどの身体をしているのに未亡人とは、じつにもったいない話だった。

「お願いです……来てください」

消え入りそうな声で懇願される。切なげな瞳を向けられて、啓太は真正面から迫っていった。

「いいんですか？」

尋ねながらも、膨張した亀頭を陰唇に触れさせる。濡れた膣口に密着させると、それだけで女体が小さく跳ねあがった。

「はうっ……そのまま、入ってきて」

礼子が吐息混じりに訴える。股間を微かに前後させているのは、意識して動かしているのか、それとも勝手に揺れてしまうのか。いずれにせよ、彼女が求めているのは間違いなかった。

「いきますよ……んんっ！」

求めているのは啓太も同じだ。彼女の細い腰に両手をまわし、股間をぐっと押しつける。途端に亀頭が陰唇を巻きこみながら埋没した。

「はあああッ！」

礼子の喘ぎ声が響き渡る。クチュッと湿った音が響いて、未亡人の割れ目にペニスの先端が突き刺さった。

露天風呂で繋がったのだ。またしても未亡人と裸で抱き合っていた。しかも、立位という初めての体位が興奮を掻きたてる。立ったまま見つめ合うことで、これまでにない一体感が生まれていた。

「も、もっと……」

「じゃあ……ふんんっ」

じんわりと腰を押し進める。啓太も昂っているので、いきなり暴発しないように細心の注意を払いながら結合を深めていった。

「や、やっぱり大きい、あああッ」

礼子は岩に寄りかかった状態で背中を反らし、自ら股間を迫《せ》りだしてきた。結果として肉柱がさらに嵌《はま》り、蜜壺から華蜜がクチュッと溢れだす。足もとでは湯が弾《はじ》けて、露天風呂でセックスしている実感が強まった。

「くううッ、締まる」

彼女も興奮しているのは間違いない。膣口が収縮と弛緩《しかん》を繰り返し、太幹を絞りあげてくる。膣襞も波打ち、ペニスを奥へ奥へと引きずりこんでいた。

「太いのが、わたしのなかに……」

「もっと挿《い》れますよ……ううッ」

とてもではないが、じっとしていられない。彼女の返事を待つことなく、股間を押しつけていく。肉柱が根元まですっかり収まり、女体を真下から突きあげるような状態になった。

「ああっ、深い……と、届いてます」

「動きますよ。ふんんっ」

最初はスローペースのピストンだ。かつて経験したことのない角度なので、慣れるまではコツがいる。斜め上方に向けて、最初は慎重に抜き差しした。

「あッ……あッ……なかが、あああッ」

まだ軽い抽送だが、彼女は摩擦感に喘いでいる。やはり角度が特殊なので、いつもと違う場所に男根が当たっているのだろう。下腹部が艶《なま》めかしく波打ち、膣内も激しくうねりだした。

「ああッ、啓太さん」

「俺も……くうッ、すごく気持ちいいです」

啓太も呻きながら告げると、腰を力強く突きあげる。さらには乳房を揉みしだき、指先で乳首を転がした。

「あひッ、そ、それは……あひぃッ」

膣奥を亀頭で圧迫すると、彼女の喘ぎ声が鋭くなった。媚肉のうねりが激しさを増して、快感の高波が迫ってくる。自然とピストンが速くなり、啓太は奥歯を強く嚙んで腰を振りたてた。

「もっと感じてください、ぬおおおッ」

「はううッ、つ、強いっ」

真下からの突きあげに、礼子はつま先立ちになって仰け反った。

彼女が感じているのは間違いない。前回はされるがままだったが、今日は啓太も積極的だ。温泉の効能で体が熱くなるが休まない。快感をこらえて、こめかみに太い血管を浮かべながら肉柱を送りこんだ。

「ああッ、すごいです、ああッ」

未亡人の喘ぎ声が露天風呂に響き渡る。礼子は首にしがみつき、腰をよじらせて感じていた。

「クッ……す、すごいっ」

膣の収縮が強くなり、いよいよ射精感が盛りあがった。勢いのまま射精したい衝動がこみあげる。だが、啓太はピストンを中断すると、後ろ髪を引かれる思いでペニスを引き抜いた。

「あっ……どうして？」

礼子が不満げにつぶやき、拗《す》ねたような瞳を向けてくる。未亡人の裸体が紅《あか》く火照っているのは、膝上まで温泉に浸かっているせいだけではない。確実にアクメが迫っていた証拠だった。

「やってみたいことがあるんです。礼子さん、俺の願いを叶《かな》えてください」

かつて付き合っていた恋人には言い出せなかったが、包容力のある礼子なら受け入れてくれる気がした。

「なにを……したいんですか？」

礼子が濡れた瞳で尋ねてくる。早く刺激が欲しいのだろう。しゃべっている間も常に腰がくねっていた。

「後ろから、やらせてください」

思いきって口にする。前々から、一度でいいから立ちバックを経験してみたいと思っていたのだ。

「そんなこと……」

礼子が頬をぽっと赤らめる。悪い反応ではない。散々腰を振り合っておきながら恥じらう姿に、啓太の胸は締めつけられた。

「お願いします。後ろからしたいんです」

「ああっ、そんな……」

困惑しながらも、礼子は後ろを向いてくれる。大きな岩に両手を置いて、豊満なヒップを突きだしてきた。

「おおっ……」

思わずうなるほど見事な双臀《そうでん》だった。

たっぷり脂が乗った尻は、白桃のようにプリッとしている。尻たぶに両手をあてがって撫でまわせば、礼子はたまらなそうに腰を振りだした。

「あンっ……あぁンっ」

未亡人が露天風呂で物欲しげにヒップを振る姿は壮観だ。黒髪をアップにまとめているので、白いうなじが剝きだしなのも啓太の獣欲を煽《あお》りたてた。

「すごくいやらしいですよ」

「見てるだけなんて……ああっ、お願いします」

礼子が掠れた声でおねだりする。啓太は息を呑み、柔らかい尻たぶに指をめりこませた。

「ああ、なんて柔らかいんだ」

まるでクッションを握っているようだ。柔肉の感触を味わい、臀裂を左右に開いていく。すると、くすんだ肛門が見えてきた。

「い、いやっ、そこは見ないでください」

礼子が振り返るが、構わず覗きつづける。彼女が恥じらうから、なおのこと見たくなった。皺が放射状にひろがっており、キュッと小さく窄《すぼ》まっている。顔を近づけて息をフーッと吹きかけると、さらに硬く収縮した。

「はンンっ、なにをしてるんですか？」

「礼子さんは、お尻の穴まで可愛いなと思いまして」

さらに指先でアヌスを小突いてみる。女体が小刻みに跳ねて、礼子は腰を焦れたようによじりたてた。

「いやンっ……からかわないでください」

恨みっぽい瞳を向けて頬を赤くするが、満更《まんざら》でもない様子だ。もう少し悪戯《いたずら》したいところだが、啓太の欲望も限界近くまで高まっていた。

尻たぶを割り開き、肛門の下の淫裂を覗きこむ。先ほどまで太幹を咥えこんでいたので、陰唇が充血してぽってりしている。愛蜜で濡れそぼっており、早く刺激が欲しくて静かに蠢《うごめ》いていた。

「じゃあ、後ろから……」

真後ろに立ち、亀頭を肉唇に触れさせる。華蜜をしっかり馴染《なじ》ませてから、じんわり腰を押しつけた。

「ああッ、入ってきます、はああッ」

「こ……これがやりたかったんですっ」

亀頭が入ってしまえば、後は簡単だった。体重を預けるようにすれば、瞬く間に根元まで嵌りこんだ。

「はううッ、そんな……いきなり……」

「全部入りましたよ……立ちバックで繋がったんだ！」

腹の底から悦びがこみあげる。一度やってみたかった体位が現実のものとなり、テンションがどんどんあがっていく。彼女のくびれた腰を摑むと、さっそくピストンを開始した。

「あぁッ、あああッ」

先ほどとは違う刺激に、礼子があられもない声を迸《ほとばし》らせる。求めていた快楽をようやく与えられたのだ。染みひとつない背中が反り返り、芸術品のような曲線を描きだした。

「なんて眺めだ……くううッ」

啓太の抜き差しに合わせて、豊満なヒップが揺れている。膣の締まり具合も素晴らしく、無数の襞が肉棒を思いきり絞りあげてきた。

「ぬうううッ!」

唸りながらも抽送速度をあげていく。二人の足もとで湯が弾けて、露天風呂に波紋が広がった。

「はンンッ、い、いいっ、すごくいいです」

未亡人の喘ぎ声が、夜の森に吸いこまれていく。空を見あげれば綺麗な月が浮かんでいるが、愛《め》でる余裕などあるはずもない。瞬く間に快感が大きくなり、とてもではないが長持ちしそうになかった。

「俺も、ううッ、気持ちいいですっ」

もはや本能のままに腰を振りたくる。肉柱を抜け落ちる寸前まで後退させては、勢いよく叩きこむ。それを高速で繰り返すのだ。全力で腰を打ちつけるたび、彼女の尻が乾いた音を響かせた。

「あぁッ、も、もうっ、あぁッ」

「ど、どうかしましたか？」

限界が近いのは啓太も同じだが、あえて膣奥を抉《えぐ》りながら尋ねてみる。すると、礼子は腰をくねらせながら、涙で濡れた瞳で振り返った。

「もう、ダメになりそうです」

快楽にまみれた顔で囁き、「あああっ」とこらえきれない喘ぎ声を振りまいた。

「イキそうなんですね、俺もですっ」

女体に覆いかぶさり、うなじにむしゃぶりついて腰を振る。背中に抱きつき、両手を前にまわして大きな乳房を揉みしだく。硬い乳首が手のひらに触れると、すかさず指先で転がした。

「はううッ、ほ、本当にダメっ、それダメですっ」

「くおおッ、また締まってきた」

リズミカルに股間を打ちつけて、勢いよくペニスを抜き差しする。カリで膣襞を擦りまくり、亀頭で子宮口をノックしまくった。

膣道がうねるから、ますます抽送速度がアップしていく。快感が快感を呼び、エクスタシーの嵐が急激に接近してくる。女体が前のめりになるほど、思いきって肉柱を打ちこんだ。

「ああッ、ああッ、啓太さんっ」

礼子が岩に爪を立てて訴える。女体はじっとり汗ばみ、甘いフェロモンの香りがひろがった。

「お、俺も……ぬおおおッ」

いよいよ最後の瞬間が迫ってくる。媚肉に包まれたペニスがヒクつき、かつてないほどカウパー汁が溢れだす。啓太は体を起こして細い腰を鷲掴みにすると、全身全霊をこめた抽送で男根を奥の奥まで打ちこんだ。

「ひああッ、ふ、深いっ、あああッ」

「このまま最後まで、おおおおッ」

礼子のよがり声と啓太の唸り声が交錯する。

もはや手加減するつもりはない。悶える女体を見おろしながら、気合いを入れたピストンを繰り出した。二人の結合部から聞こえる蜜音と、足もとの湯が弾ける音が重なった。

「あああッ、いいっ、イクっ、イキますっ、あぁああああああッ！」

ついに礼子の唇から、絶頂を告げる声が溢れ出す。背中が大きく仰け反り、尻たぶに凍えたような震えが走り抜けた。

「ぬううッ、お、俺も……ぬおおおおおおッ！」

彼女のアクメに引きずられて、啓太も愉悦の大波に呑みこまれる。夜空に雄叫《おたけ》びを響かせながら、女体の奥深くに埋めこんだ男根を脈動させた。

亀頭の先端から大量のザーメンが吹きだし、子宮口を一瞬にして灼《や》きつくす。女壺が激しくうねり、太幹を思いきり絞りあげてくる。射精は長々とつづき、睾丸のなかが空になった。

（ああ、礼子さん……）

ペニスを挿れたまま、彼女の背中に覆いかぶさる。体を密着させて、アクメの余韻を味わった。

これほど刺激的なセックスは初めてだった。至極の悦楽に浸り、礼子に惹かれる気持ちが強くなった。

だが、彼女は未亡人だ。

心のなかには常に亡夫のことがある。こうしてセックスしても、心まで振り向かせることはできなかった。

3

翌朝も雲ひとつない快晴だった。

お世話になって四日も経っている。朝食をご馳走になりながら、旅立つなら今日しかないと考えていた。

ところが、そんな啓太の思いが伝わったのか、口を挟む余地がないほど、常に姉妹が話しかけてくる。なかなか切り出すタイミングが摑めない。直接は言わないが、引き留めようとしているのは間違いなかった。

「食べ終わったら、山菜採りに行きませんか?」

唐突に裕子が誘ってきた。

「い、いや、でも——」

「蕨《わらび》、ゼンマイ、タラの芽、筍《たけのこ》、たくさん採れますよ」

啓太が口を開きかけると、すぐさま言葉を重ねてくる。なにやら有無を言わせぬ雰囲気だ。なんとしても、山菜採りに連れだすつもりらしい。

「じゃあ、今夜は山菜尽くしにしましょうね」

礼子は晩ご飯の献立まで持ちだして、啓太を引き留めようと必死だった。

姉妹二人きりの生活に、久しぶりに男が入ってきた。絶望が服を着て歩いているような男だったが、それでも彼女たちにとっては潤いになったのだろう。これほどまでに歓迎されて、啓太は大いに感激していた。

「わかりました。山菜を採りに行きましょう」

断れるはずがない。助けてもらった恩もあるが、まだここに居たいという気持ちが強くなっていた。

「決まりですね」

裕子がはしゃいだ声をあげると、礼子も目を細めて頷いた。

「わたしは留守番してるわ。天ぷらにするから、よろしくお願いしますね」

どうやら、今夜は山菜の天ぷららしい。自動的にもう一泊することになったが、もう悪い気はしなかった。


朝食後、啓太は裕子に連れられて山に入った。

ひとりだったら絶対に足を踏み入れようと思わない獣道だ。足もとは雑草だらけで頭上は木々の枝が覆いかぶさっている。まだ午前中だというのに薄暗く、なにやら不安になってしまう。

「礼子さん、お買い物にでも行くんですかね？」

前を歩く裕子に話しかけてみる。朝食のときはあれほどしゃべっていたのに、すっかり無口になっているのが気にかかった。

この日の裕子は、山歩きということでジーパンにスニーカー、それにダンガリーシャツを羽織り、リュックサックを背負っていた。肌の露出が少ないのは残念だが、張り詰めたジーパンのヒップを見ながら歩けるのがよかった。

「買い物には行きません」

裕子がぽつりと答える。声に張りが感じられなかった。

「でも、そろそろ食材が減ってるんじゃないですか？　俺がいる分、減るのが早いでしょう」

尋ねながらおかしなことに気がついた。舗装された道路に出ても、近所にスーパーはおろかコンビニすらない。移動手段は徒歩しかないのに、どこまで買いに行くのだろう。

「大丈夫です」

裕子はそう言ったきり、口をつぐんでしまった。

どうやら、余計なお節介だったらしい。少しでも明るい雰囲気にしようと話題を変えてみた。

「なんか迷っちゃいそうですね。熊とか出たりして」

おどけた調子で話しかけてみるが、やはり裕子は黙っている。ただ黙々と歩きつづけていた。

(まさか、本当に迷ったんじゃ……)

本気で心配になってくる。地元の人が迷うなら、余所者《よそもの》にはどうにもならない。山のなかでは右も左もわからなかった。

ふと裕子が足をとめた。大きな木の前だった。

「……迷っちゃいました」

彼女は前を向いたまま、ひとり言のようにつぶやいた。

「はい?」

まさかの展開だった。地元で生まれ育ち、子供の頃から山を駆けずりまわって遊んでいた。そんな彼女が道に迷うとは思いもしなかった。

「なんて、冗談ですよ」

振り返った裕子は、いつもの笑顔を浮かべていた。

明るく振る舞っているのに、表情が硬く見えたのは気のせいだろうか。騙《だま》されたことより、彼女の様子が心配だった。

「どうかしましたか？」

啓太が真顔で尋ねると、裕子は下唇を噛んでうつむいた。やはり、なにかあったらしい。しばらく逡巡している様子だったが、やがて坂になっている森の下のほうを見やった。

「あそこ……」

木々の向こうに光るものが見える。湖の水面が日の光を反射していた。

「お義兄《にい》さん、あのあたりから湖に落ちたんです」

裕子の言葉でハッとする。

彼女の義兄、哲也は山菜採りに行って湖に転落したと聞いている。そのことをうっかり失念していた。軽い気持ちで来てしまったが、彼女の悲しい記憶をよみがえらせる結果となってしまった。

哲也が亡くなった後、彼が着ていた上衣がこのあたりで発見されたという。

裕子の様子がおかしかったのは、義兄のことを思い出していたからだ。人懐っこい彼女のことだから、義兄とも上手《うま》くいっていたに違いない。普段は悲しみを感じさせないが、亡くなった現場に来て感傷的になったのだろう。

「なんか、すみません……俺、無神経でした」

彼女の気も知らず、べらべら話しかけたことを反省した。すると、裕子は表情を緩めてリュックサックをおろし、背後の大きな木に寄りかかった。

「啓太くんって、やさしいですね」

もう暗い表情ではなくなっている。こちらに柔らかい瞳を向けて、頬をほころばせていた。

「そんなことは……」

「ううん、とってもやさしいです。だから、わたしもお姉ちゃんも、啓太くんのことが大好きなの」

「は？　い、いや……ははは」

気恥ずかしくなり笑って誤魔化すが、顔が熱くなっていた。鏡を見なくても、耳まで真っ赤になっているのがわかった。

「わたしにも、してもらえる？」

裕子が木に背中を預けたまま頼んでくる。木漏れ日が降り注ぐなか、歌でも歌うような気軽な調子だった。

「俺にできることなら、なんでもお手伝いしますよ」

彼女が肩から力を抜いているから、啓太も軽く答えていた。

「後ろからしてほしいんです」

「……え？」

思わず言葉を失うと、裕子は悪戯っぽい瞳で見つめてきた。

「昨日、露天風呂で、お姉ちゃんと後ろからしてたでしょう」

啓太は固まったまま身動きが取れない。彼女の言葉は確信に満ちており、下手な言い逃れは通用しそうになかった。

「見てたの……全部」

内風呂からすべてを見届けたという。

礼子が大風呂に向かったときから、なにかが起きると思ったらしい。そして、覗き見をしていると、やはり二人は浴槽のなかで繋がった。そのとき目にした立ちバックが、瞼の裏に焼きついていた。

「すごく刺激的だったなぁ」

またしても見られてしまった。しかも、同じことをしてほしいと言う。なにもかもが驚きだった。

「あ、あれは、その……」

「いいんです。わたしにもしてくれれば」

怒っている様子はない。ただ、自分も姉と同じように抱いてほしいという。美人姉妹の両方から迫られて男冥利《みようり》に尽きるが、なにか釈然としないものがある。こんなにうまい話が、この世にあるとは信じられなかった。

4

「でも、同じだとつまらないから」

こちらの気も知らず、裕子はリュックサックから縄の束を取り出した。

「なにをするんですか?」

とっさに身構えるが、彼女はまったく意に介さない。縄の端に瘤《こぶ》を作ると、頭上の太い枝に向かって投げあげた。

「あの……裕子さん?」

「ちょっと待ってくださいね」

どうやら枝に縄をかけたいらしい。一度目と二度目は届かなかったが、三度目に投げた縄が枝の上を通過した。

「これで、わたしの手を縛って」

「……はい？」

一瞬、自分の耳を疑った。

裕子は枝から垂れさがった縄を手に、照れた笑みを浮かべている。そして、縄を摑んだまま、両手を身体の前でそっと揃えた。責められるのが好きなのはわかっていたが、まさかそこまで望んでいるとは思わなかった。

(俺に……できるのか？)

女性を縛った経験など一度もない。それでも、想像すると妙に興奮している自分がいた。

「う、上手くできるか、わからないけど……」

こんなチャンスは滅多にないだろう。彼女が望むならやってみたかった。

意を決して、縄の一端を細い手首に巻きつけていく。強く縛って血行を妨《さまた》げないよう、慎重に両手首を一括《ひとくく》りに縄掛けした。

「きつくないですか？」

「は……はい」

裕子の声は掠れている。まだ手首を縛っただけなのに、早くも瞳がとろんと潤んでいた。

「縄を引いて……ください」

彼女の言葉に従い、枝の上を通って垂れている縄の一端を引くことで、彼女の手首が徐々にあがっていく。両腕は頭より高く引きあげられて、身体をまっすぐ伸ばした状態になった。

「これで、いいですか？」

戸惑いながら声をかけると、裕子はこっくり頷いた。すでに興奮しているらしく、愛らしい顔が紅く染まっていた。

啓太は縄を近くの木に括りつけて、彼女の腕が落ちないように固定した。

これで女体は罪人のように吊りさげられた格好だ。自力では逃げることも隠れることもできない。服を着ているのに刺激的な光景だった。なにしろ、彼女のすべてを自由にできるのだ。悪戯でもなんでも、啓太の思うがままだった。

「ああ、啓太くん……」

裕子の怯えたような瞳がたまらない。虐《しいた》げられることで昂るのだろう。ジーパンに包まれた内腿を、先ほどからもじもじ擦り合わせていた。

「本当にいいんですね？」

今さらながら尋ねてしまう。

山のなかとはいえ、誰かに見られる可能性もある。このあたり一帯は宇津井の土地だと聞いているが、それでも山菜採りに来る人がいるかもしれないし、虫捕りをしている子供がいるかもしれない。そう考えると、かなり危険な状況だ。とはいえ、異常なほど興奮しているのも事実だった。

啓太は吸い寄せられるように、吊られた女体に歩み寄る。そして、ダンガリーシャツを押しあげている乳房の膨らみに、手のひらをそっと重ねた。

「あっ……」

裕子のぽってりした唇が半開きになる。ゆったり揉みあげると、女体が艶めかしく左右に揺れた。

「はンンっ、な、なにをするの？」

自分で望んでおきながら、震える声で訴えかけてくる。捕らえられた女でも演じているのだろうか。言葉とは裏腹に、見つめてくる瞳の奥には、期待の色が見え隠れしていた。

「も、もう逃げられませんよ」

緊張しながらも言葉を返す。すると、彼女は吊られた身体をよじらせた。

「いやです、ほどいて」

やはり反抗的な目をして身をよじる。もうすっかり拘束された女になりきっていた。男に捕まって、嬲《なぶ》られることを想像しているらしい。服の上から軽く乳房を揉んだだけなのに、瞳はますます潤んで呼吸がハァハァと乱れていた。

「俺の好きなようにさせてもらいます」

こうなったら、啓太も悪い男を演じるべきだろう。そのほうが互いに楽しめるはずだ。声のトーンを低くすると、指先に力をこめて乳房を揉みまくった。

「あンっ、や、やめて」

「裕子さんの望むとおりにしてあげますよ」

シャツのボタンを外しにかかる。彼女は首を左右に振るだけで抵抗できない。やがてほっそりした鎖骨《さこつ》が露わになり、乳房の深い谷間も見えてくる。双つの柔肉がシンプルな白のブラジャーで寄せられて、魅惑的な渓谷を作りあげていた。

「いや……」

ボタンがすべて外れると、裕子は視線を逸らして下唇を嚙んだ。

シャツの前が大きくはだけて、細く締まった腰まわりが露出している。白くて平らな腹部に、縦長の臍《へそ》が見えていた。

屋外で裸に剝かれていくことで感じるらしい。裕子の瞳がますます潤み、息遣いが荒くなっていく。彼女の様子を見ていると、羞恥が快感に変わっていくのが、手に取るようにわかった。

「すごく綺麗です」

木漏れ日が乳房の谷間を照らすことで、柔肌の白さを強調している。透明感のあるじつに美しい肌だった。

「いやっ、見ないで」

裕子は目に涙を浮かべて、腰をよじりつづけている。口では抗っているが、もちろん本気で嫌がっているわけではない。本当は見られたくて仕方がないのだ。濡れた瞳が、もっと見てくださいと訴えていた。

「邪魔なものは取ってしまいましょう」

ブラジャーのカップを一気に押しあげる。途端にたっぷりした柔肉が溢れだし、目の前でタプンッと波打った。

「ああっ、ダメです」

裕子は顔を背けて、絶望とも歓喜ともつかない声を漏らした。

瑞々しく張り詰めた双つの乳房が剝きだしになっている。乳首はすでに硬く尖り勃ち、激しく自己主張していた。さらなる刺激を求めているのか、乳輪までぷっくり盛りあがっているのが卑猥だった。

「いやっ……見ないで」

「そんなこと言って、本当は悦んでるんじゃないですか？」

乳房を揉みあげると、女体が面白いようにくねりだす。縛られて悪戯されることで、彼女が感じているのは間違いなかった。

「ああンっ、やめて……いやンっ、やめてぇ」

抗う声は弱々しい。柔肉に指を沈みこませるたび、腰のくねりが大きくなった。

「なんて柔らかいんだ……下も見せてください」

興奮しているのは啓太も同じだ。ジーパンの硬いボタンを外し、ファスナーをじりじりおろしていく。前を開いてずりさげれば、ブラジャーと同じく白のシンプルなパンティが見えてきた。

「ま、待って……お願い、待って」

懇願の声を無視して、ジーパンをゆっくり脱がしにかかる。肉付きのいい太腿の表面を滑らせれば、股間に張りついたパンティが丸見えになった。

「お願いですから、それ以上は……」

「見てもらいたいんですね」

彼女の心の声を代弁してパンティのウエストに指をかけると、有無を言わせず引きさげていく。裕子は内腿を閉じ合わせるが、さほど抵抗にはならない。薄布はいとも簡単に股間を離れて、ジーパンといっしょに膝までさがった。

「ああっ、やだ、見ないで」

悲嘆と羞恥、それに歓喜の入り混じった声が溢れ出す。内腿をぴったり閉じて股間を隠そうとするが、陰毛がわずかにしか生えていない恥丘は丸見えだ。そうやって恥じらえば恥じらうほど、啓太の欲望はますます煽られた。

「これは……」

思わず見惚れてしまうほど刺激的な光景だった。

森のなかで両手を吊られた美女が、服を乱して肌を露出している。シャツがはだけてブラジャーもずれており、大きな乳房が溢れていた。ジーパンとパンティは膝に絡まった状態で、むちむちの太腿と秘毛の薄い恥丘も剝きだしだった。

頭上を覆う木々の隙間から、眩《まばゆ》い日の光が降り注いでいる。ちょうど女体を照らしており、まるで森のなかに現れた妖精のように輝いていた。

「こんなの……恥ずかしいです」

裕子は紅く染まった顔をそむけるが、腕を使えないので裸体は晒したままだ。身じろぎするたび乳房が波打ち、股間の秘毛が靡《なび》いていた。

「す、すごく綺麗です」

興奮のあまり声が震えてしまう。啓太は鼻の穴を膨らませながらつぶやき、震える指で乳房を揉みあげた。

「ああンっ」

「裕子さんのおっぱい、柔らかくて気持ちいいです」

彼女の恥じらう声を聞きながら、双つの柔肉に指を沈みこませる。何時間でも触っていたくなる究極の感触だ。下から上へと揉みあげて、人差し指の先でそっと乳首を転がした。

「あっ、い、いや、ああっ」

乳首が感じるらしい。軽く触れただけでも声が大きくなる。指の股に挟みこみ、乳肉を捏《こ》ねまわしながら刺激した。

「そんな、胸ばっかり……はあぁンっ」

裕子が恨みっぽい瞳を向けてくる。それでいながら、焦れたように身をよじり、たまらなそうに喘いでいた。

「でも、乳首はこんなに硬くなってますよ」

充血した乳首に吸いつき、舌を絡みつかせていく。途端に裕子は全身をビクンッと感電したように震わせた。

「はうっ！　ダ、ダメぇっ」

そう言われたからといって、やめるはずがない。舌先を器用に使い、唾液をたっぷり塗りたくる。乳輪も乳首もぐっしょり濡れている。そこを再び吸いあげて、前歯で甘噛みを繰り返した。

「あうっ、噛まないで――あううっ」

裕子は首を振って懇願する。だが、啓太は聞く耳を持たず、双つの乳房を交互にしゃぶりまくった。

「ああっ、も、もう……もう許して」

いつしか裕子は涙を流していた。

乳首を甘噛みされたのが痛かったわけではない。むしろ、気持ちよくてたまらなくなっている。もっと強い刺激が欲しくなり、我慢できずに泣いているのだ。

「そんなによかったんですか？」

啓太は乳首を口に含んだまま、右手を女体に沿わせておろしていく。乳房から腹部、さらには恥丘に手のひらを這わせていった。

「はあっ……そ、そこは……」

躊躇《ちゆうちよ》する声を漏らすが、もう裕子が抵抗することはない。恥丘を撫でまわし、中指を内腿の間に滑りこませた。

「はンンッ！」

蕩けた媚肉に触れた瞬間、吊られた女体が仰け反った。

「やっぱり、ここが感じるんですね」

すでに割れ目は濡れそぼっている。驚くほど大量の華蜜が溢れており、まるで失禁したような大洪水になっていた。

「ぐしょぐしょですよ。縛られて興奮したんですか？」

「いやです、そんなこと言わないで」

彼女は否定することなく、啓太の指を内腿でキュッと挟みこんだ。

「こんなに濡らすなんて、ほら、音が聞こえますか？」

指の腹で陰唇を弾くようにすると、ヌチャッ、ピチャッという湿った音が聞こえてくる。女体も小刻みに震えだし、感じているのは明らかだった。

「あっ……あっ……」

「声が出てますよ。これが好きなんですか？」

「い、いや、苛《いじ》めないで」

裕子が拗ねたように見つめてくる。そうしながら、くびれた腰をくなくなと揺らしていた。

「そんなこと言って、苛められるのが好きなんでしょう？」

淫裂を指でなぞりながら問いかける。愛蜜を塗り伸ばし、硬くなったクリトリスを転がした。

「あンンっ……ち、違います」

「違わないですよ。ほら、こんなに濡れてるじゃないですか」

再び乳首にむしゃぶりつき、右手の中指を膣口に沈みこませる。華蜜まみれの女穴は、いとも簡単に指先を受け入れた。

「ああッ、そんな、なかは……」

「簡単に入っちゃいますよ」

第一関節まで埋めこみ、軽く浅瀬を掻きまわす。そうやって馴染ませてから、さらに深く埋没させた。

「あッ、ああッ、入れないで」

「うおッ、すごく締まってます」

指の血流が遮断されそうなほど、膣口が収縮している。吊られた女体もくねっており、乳首はピンピンに尖り勃っていた。

「こんなのって……あああッ」

裕子の反応が大きくなる。もはや感じていることを隠しきれず、あられもない喘ぎ声を響かせた。

「お、俺も、もう……」

興奮のあまり、胸の鼓動が異常なほど速くなっている。ペニスは痛いくらいに勃起して、大量の我慢汁を噴きこぼしていた。

頭のなかが熱く燃えあがっている。裕子とひとつになりたい。指を締めつけている女壺にペニスを叩きこみたい。思いきり腰を振りたくり、沸騰したザーメンをこれでもかと注ぎこみたかった。

「もう我慢できない！」

いったん女体から離れると、ジーパンとトランクスを膝までさげる。ペニスが勢いよく跳ねあがり、周囲にカウパー汁が飛び散った。

女体を吊っている縄をほんの少しだけ緩めて、再び木に縛りつける。これで、彼女の腕に多少の余裕ができていた。

「後ろから犯されたいんですよね」

背後にまわりこむと、尻を突き出すポーズを強要する。手首を縄で吊られたままの、変形立ちバックだ。

「はっきり言ってください。言えたら挿れてあげますよ」

亀頭の先端で、濡れた陰唇を擦りあげる。挿入したくてたまらないが、この際なので彼女を徹底的に追いこみたかった。

「ああっ、啓太くん」

裕子が背後を振り返る。物欲しげな瞳を向けて、張りのある瑞々しいヒップを左右にくねらせた。それでも、啓太は焦らしつづける。挿入したいのをこらえて、亀頭でひたすらに陰唇を擦りたてた。

「犯して……後ろから犯してください」

ついに裕子がおねだりの言葉を口にする。その瞬間、啓太のなかに眠っていたサディスティックな血が沸きたった。

「これが欲しかったんですね……ふんんッ！」

くびれた腰を鷲摑みにすると、力強くペニスを突きこんだ。

「あああッ！」

甲高い裕子の嬌声を聞きながら、亀頭で二枚の陰唇を押し開く。みっしり詰まった媚肉を掻きわけて、尻たぶを押し潰す勢いで根元まで一気に挿入した。

「あうッ、い、いきなりなんて、はあああッ！」

両腕を縛られた状態での立ちバックだ。子宮口を叩かれた瞬間、裕子は軽い絶頂に達したらしい。膝をガクガク震わせて、ペニスを思いきり締めつけてきた。

（こ、こいつはすごいっ、ぬうううッ）

尻の穴に力をこめて耐え忍ぶ。凄まじい悦楽の波が押し寄せて、危うく暴発するところだった。

「もうイッたんですか？」

射精感をやり過ごし、汗ばんだ尻たぶを撫でながら問いかける。すると、裕子は気《け》怠《だる》げに振り返った。

「だって、あんなに強く……」

「でも、こういうのが好きなんでしょ？」

休む間を与えずピストンを開始する。最初から手加減せずに、カリで膣壁を抉るように抜き差しした。

「あッ……あッ……ま、待って」

「どうしたんですか？」

「少し……少しでいいの、休ませて」

腰をよじりながら訴えてくる。その間も膣襞は激しくうねり、次から次へと太幹に絡みついていた。

「裕子さんのここは、もっとしてくれって言ってますよ……ほら！」

肉柱を思いきり叩きこむ。亀頭を子宮口にぶつけると、背中が弾けるように反り返った。

「あううッ！　そ、そこ、ダメです」

なんとか耐えているが、女体は敏感に反応している。彼女の喘ぎ声だけが、静かな森のなかにひろがっていた。

「ああッ、は、激し、あああッ」

「激しいのが好きなんですね……ふんっ、ふんっ！」

額に浮かんだ汗も拭わず、ひたすらに腰を振りつづける。裕子を追いつめると同時に、啓太自身も昂ぶっていた。

男根を抽送することで一体感が生まれて、さらに深いところまで繋がりたいという欲求が湧きあがる。その結果、より強いピストンを繰り出し、もっともっと大きな快感を追い求めてしまう。

「おおおッ、おおおおッ！」

どこまでも貪欲になって腰を振りまくる。快感が快感を呼び、無我夢中でペニスをスライドさせていた。

「はうッ、いいっ、あああッ、いいっ」

裕子も喘ぐだけになっている。両腕を吊られた状態での立ちバックで感じまくり、自らヒップを振りはじめた。おそらく、無意識だろう。啓太のピストンに合わせて女体を揺らし、より深くまで亀頭を迎え入れていた。

「ああッ、当たるっ、あああッ、当たるのぉっ」

「気持ちいい、おおおッ」

屋外での情交が気持ちを開放的にさせているのか、気づくと啓太も大きな声をあげている。抑えることなく呻き声を発することで、ただでさえ大きな快感が何倍にも膨れあがった。

「も、もうすぐ……くうぅッ、もうすぐですっ」

射精感が盛りあがり、ピストンスピードがさらにアップする。すでに結合部はドロドロで、男と女の生々しい匂いが色濃く漂っていた。

「ああッ、わたしも、ああッ、あああッ」

裕子の声が切羽詰まってくる。あからさまにアクメを求めて、淫らがましく腰をくねらせた。

「くうぅッ、もうダメだっ、おおおッ、ぬおおおおおおおおッ！」

肉棒を根元まで叩きこんだ直後、愉悦が爆発して全身に突き抜ける。ザーメンが尿道を駆け抜けて、亀頭の先端から勢いよく噴きだした。四肢の先まで快感がひろがり、頭のなかが真っ白になった。

「ひあああッ、わたしもイキますっ、あああッ、はぁあああああああッ！」

裕子も尻たぶに痙攣を走らせた。全身を硬直させたと思ったら、澄んだ空気を切り裂く嬌声を迸らせる。全身を震わせて、歓喜の渦《うず》に呑みこまれていった。

ほぼ同時に達したにもかかわらず、二人は執拗に腰を振り合っていた。

人里離れた森のなかで、綺麗な女性を縛りあげて後ろから犯している。たっぷり注ぎこんだのに、まだ興奮が収まっていない。ペニスは萎《な》えることを忘れたのか、硬くそそり勃ったままだった。

裕子にしても、まだ満足していないらしい。膣道がうねうねと蠕動して、逞しい男根を常に締めつけている。それだけではなく腰をゆったりくねらせて、さらなるピストンをねだっていた。

「啓太くんだから、何度もしたくなるの……ああンっ」

彼女の囁く声が啓太の性感を煽りたてる。疲れているのに、なぜかいくらでも腰を振れる気がした。

ここに来てから精力が強くなっていた。

気のせいではない。これまでは一度射精すれば満足だったが、姉妹が相手ならすぐに楽しめるのだ。こんなことは、かつて経験したことがない。こういうのをセックスの相性というのだろうか。

とにかく、今は森のなかでの立ちバックに夢中だった。

第四章　未亡人のお願い

1

五日目の朝を迎えていた。

昨日は裕子と山菜採りに行って、森のなかで激しく交わった。滅多にできない貴重な体験だった。

あんなことができるなら、もう少しここに残りたい。

そう思うのは男なら当然のことだろう。これまでと違って、啓太は出ていくことを、いっさいほのめかさなかった。

姉妹が迷惑そうな素振りを見せたら、そのときはすぐに去るつもりだ。でも、今は少しでも長く彼女たちといっしょにいたい。また腰を振り合って、蕩けるような快楽を共有したかった。

「俺、買い物に行ってきますよ」

朝食の後、啓太はなにか手伝いをしようと思って切り出した。

昨日から気になっていたことだ。どこで買っているのか知らないが、かなり遠くまで行かないと店はないだろう。急に自分が転がりこんだことで、食材は底をついているのではないか。これ以上、彼女たちに負担をかけたくなかった。

ところが、食器の片付けをしていた姉妹は同時に手をとめて、あからさまに表情を曇らせた。

この日の礼子は落ち着いた青磁色の紗《しゃ》の着物、裕子は灰桜の地に心花が描かれた絽《ろ》の着物をそれぞれ纏っている。二人とも髪を結いあげており、しっとりとした雰囲気を醸《かも》しだしていた。

「そのことなら、大丈夫だって言ったじゃないですか」

一拍置いて裕子が口を開くが、声は沈んでいる。怒っているわけではない。じっと見つめてくる瞳は悲しみを湛《たた》えていた。

「でも、いつか買い物に行かないと……」

今のところ姉妹が出かけた様子はない。それならば自分が代わりにと思ったのだが、二人の反応は予想外のものだった。

「買いに行かなくても、食材ならありますから」

裕子は一歩も引こうとしない。普段は明るい彼女が、これほど強固な態度で話すのは初めてだった。

「わたしたちだけにしないでください」

今度は礼子が真剣な眼差しを向けてくる。食器を持って立ちあがったのに座り直して、おおげさとも思える言葉を口にした。

「お買い物なんて行かないで」

「啓太くん、お願いです」

左右から姉妹が腕に縋《すが》りついてくる。冗談を言っている雰囲気ではない。二人の瞳に切実なものを感じた。

「わ、わかりました」

食材の買い置きがあるなら、無理に出かけることはないだろう。そう思う一方で、彼女たちの必死な姿に違和感を覚えたのも事実だ。

(なにか隠しごとをしてるんじゃ……)

そんなことを考えて苦笑が漏れた。

隠しごとをしているのは自分のほうだ。啓太は東京でのことを、なにひとつ語っていない。ここに来た理由はぼかしたままだった。

仕事を失い、なにもかもが嫌になり、東京から逃げだしてきた。ふらふらしている暇があるなら職を探すべきだと頭ではわかっている。だが、心はますます現実から離れていた。

「く、草むしりをしてきます」

姉妹の視線が痛かった。本性を見抜かれている気がして、いたたまれなくなる。急いで着替えると、彼女たちから逃れるように外へと飛び出した。

「はぁ……俺、なにやってんだ」

今日もいい天気だった。空を見あげると思わず溜め息が溢れだした。

この青い空も東京に繋がっている。遠くに浮かんでいる雲も、いつか東京の上空に流れ着くのかもしれない。いや、東京から流れてきた可能性もある。自分のようにふわふわ漂ってきたのではないか。

(ずっと、このままってわけにはいかないよな……)

わかりきっていたことだが、これまで考えないようにしてきた。嫌な現実からずっと目を背けてきたのだ。

ジーパンのポケットから携帯電話を取りだした。部屋から出るとき、ポケットにねじこんできたのだ。

里心がついたわけではない。誰かが失踪に気づいて、連絡してきた可能性がないとも限らない。騒がれたら面倒なので、適当に返信しておいたほうがいいだろう。携帯電話の電源を久しぶりに入れてみた。ところが、ここは電波が届かないらしく通話もメールもできなかった。

（そっか、圏外か……）

ほっとしたような、それでいてがっかりしたような気分だ。

冷静に考えれば、着信履歴もメールもないだろう。頻繁に連絡を取り合うような友人はいないのだ。きっと、啓太がいなくなったことに誰も気づいていない。それを再確認したところで、ただ悲しくなるだけだった。

（バカだな俺……どうせ、ひとりなのに）

心のなかで吐き捨てると、草むしりに取りかかる。自分の相手をしてくれるのは姉妹だけだ。それなら、せめて彼女たちの役に立ちたかった。

嫌なことを忘れたくて、草むしりに没頭した。

やがて全身の毛穴から汗が噴きだし、腰が痛くなってくる。それでも、休むことなく中腰で延々と作業をつづけた。

姉妹と三人で昼食を摂った。

この日のメニューは、レバニラ炒めと里芋《さといも》の味噌汁だ。草むしりで疲れた体に、がっつり系のおかずが嬉しかった。

「そういえば、トイレの電球が切れてましたよ」

思い出して報告すると、姉妹は口を揃えて「困ったわ」とつぶやいた。女性だけでは、電球を交換するのも大変なのだろう。

「よかったら、俺がやりましょうか」

「お願いしてもいいですか」

「もちろんです、おまかせください」

礼子に頭をさげられて即答した。電球の交換くらい大したことではない。それより、姉妹の役に立ちたかった。

「面倒なことを押しつけてしまって、ごめんなさい」

「いえいえ、他にも切れてるところがあれば変えておきますよ」

「やっぱり男の人がいると助かります」

「電球の交換は昔から男の仕事ですから」

啓太が胸を張ると、礼子は嬉しそうに笑ってくれた。それだけでも、手伝いをする甲斐があるというものだ。

「この際だから、白熱球からＬＥＤにしたらどうですか。長持ちするから、交換が少なくて済みますよ」

思いきって提案してみる。作業はすべて啓太がやるつもりだ。ところが、姉妹の反応は微妙だった。

「それ、いいのですか？」

「長持ちする電球？」

どうやら、そういったことには疎《うと》いらしい。ＬＥＤもかなり普及していると思ったが、彼女たちは知らないようだった。

「ええ、少し高いですけど……すみません、余計なことでした」

開店休業状態なのを忘れていた。ＬＥＤに代えれば、それなりの金額になる。今の宇津井亭には厳しいのかもしれない。

「ゆうちゃん、電球の買い置きあったかしら？」

「うん。納戸《なんど》にあるので、それを使ってもらえますか」

素直に姉妹の言葉に従うことにする。

この後、礼子と裕子は食事の後片付けと露天風呂の掃除をするという。啓太はさっそく廊下の隅にある納戸に向かい、買い置きの電球が入った段ボール箱と踏み台を持ってきた。

まずはトイレの電球を変えると、ついでに他の照明器具も点検していく。気づかない間に切れている箇所もあるだろう。

(おっ、ここも交換だな)

廊下の電球がひとつつかなかった。

この作業はきっと彼女たちの役に立つだろう。自分の存在意義を見つけて、張り切って点検をつづけた。少しでも恩返ししたいという純粋な気持ちだった。

「わたしたちはお風呂の掃除をしてるわね」

キッチンに向かうと、洗いものを終えた礼子と裕子がちょうど出てきた。

「俺も電球のチェックが終わったら向かいます」

啓太は姉妹と入れ替わりでキッチンに入った。電球と蛍光灯を確認していくと、豆球が切れていたので交換した。

(さてと、これで全部だな)

旅館のほうもチェックしたいが、買い置きの電球では足りないだろう。開店休業状態なので慌てることはなかった。

段ボール箱と踏み台を納戸に戻そうと、廊下を歩いていく。裕子の部屋の前を通りかかったとき、襖が少し開いているのに気がついた。

（そうだ、二人の部屋は大丈夫かな？）

ふと思って、襖の隙間に視線を向ける。すると、窓際に文机があり、その上に置いてある写真立てが目に入った。

（ん？　あの写真は……）

日焼けしてセピア色になっている。そこに写っているのは髪の短い男性だ。純粋そうな目に見覚えがあった。

礼子の夫である哲也に間違いない。裕子にとっては義兄になる。写真を飾っているとは、よほど仲がよかったのだろうか。とはいっても、実姉の夫だ。身内ではあるが、若干の違和感を覚えた。

（そういえば、昨日も……）

哲也が湖に転落した場所を訪れたとき、裕子は悲哀に満ちた表情で今にも泣き崩れそうだった。

いや、山奥の閉ざされた空間なので、家族の絆《きずな》がより強いだけかもしれない。義兄のことを、実の兄のように慕っていたのだとしたら、彼女の悲しみの深さも理解できなくはなかった。

それにしても、なにか腑《ふ》に落ちない。

裕子の部屋に哲也の写真が飾ってあるという事実は、まるで喉に引っかかった小骨のように、啓太の心をざわつかせた。

（でも、余計なことはするべきじゃない）

胸のうちでつぶやき、とりあえず深呼吸を繰り返す。そうやって乱れた心をなんとか落ち着かせた。

姉妹の部屋には入らないように言われている。約束を守り、写真も見なかったことにするのが一番だ。電球の入った箱と踏み台を納戸に片付けると、掃除の手伝いをするため露天風呂に向かった。

2

その日の夕食は、うなぎの蒲焼《かばや》きだった。

「うまい！　メチャクチャうまいですよ」

ひと口食べた途端、思わず唸っていた。

肉厚のうなぎはもちろん、自家製だという甘めのタレが絶品で、ご飯を何杯でも食べられるほど美味だった。

「ゆっくり食べてくださいね」

「肝吸いも美味しいですよ」

うなぎとご飯を頬張る啓太のことを、礼子と裕子が見つめている。二人の顔には穏やかな微笑が浮かんでいた。

（それにしても……）

昼はレバニラ炒めで夜はうなぎの蒲焼きだ。美味しい料理が食べられるのはありがたいが、つい余計なことを考えてしまう。どちらも精がつく料理なのは、単なる偶然だろうか。

「美味しかったです。ごちそうさまでした」

満腹になって箸を置くと、礼子と裕子は声を揃えて「お粗末さまでした」と返してくる。勘ぐっているせいか、二人の微笑が妖しげに見えた。

「なんか……元気になりそうです」

黙っていられず、軽く探りを入れてみる。すると、礼子が浮かしかけていた腰を再びおろした。

「いろいろお手伝いしていただいたから、お疲れだと思いまして」

まっすぐ見つめて、言葉を返してきた。どうやら、それ以上の思惑はなさそうだ。とにかく、体調に気を使ってくれたのは確かだった。

「わたし、洗いものしてるね」

裕子が空いた皿を重ねてキッチンに運んでいく。居間にいるのは、啓太と礼子だけになった。

「あの……昼間、裕子さんの部屋の襖が開いていて――」

ほとんど無意識のうちに語りかけていた。

裕子の部屋にあった写真のことが、やっぱり気になって仕方なかった。余計なことに口を出すべきではない、プライベートに踏みこんではいけないと頭ではわかっている。それでも、聞かずにはいられなかった。

「偶然……本当に偶然なんですけど、見えちゃったんです」

「なにが見えたのですか？」

礼子はいつもどおり落ち着き払っている。今のところ、動揺している様子はいっさい見られなかった。

「……写真です」

啓太は迷った末に切り出した。

やはり、礼子は眉ひとつ動かさない。もしかしたら、裕子の部屋に夫の写真が飾られていることを知っているのではないか。普段から互いの部屋を行き来しているのなら、まったく問題はないだろう。

(俺の考えすぎか)

そう結論づけようとしたとき、礼子がふっと息を吐きだした。着物の肩から力を抜いて、視線をすっとさげていった。

「見てしまったのですね」

なにやら様子がおかしい。声に張りがなく、すべてを諦めてしまったような言い方だった。

「……礼子さん？」

今さらながら後悔する。彼女は明らかに困惑していた。悪いことを言ってしまったようで、胸の奥が苦しくなった。

「もう、昔のことだから」

なにかを吹っ切るように礼子は顔をあげて、再び啓太の目を見つめてきた。

「もしかしたら、誰かに聞いてほしかったのかもしれません。啓太さん、聞いてくれますか？」

こうなった以上、拒絶するわけにはいかない。重大な秘密を打ち明けられるようで緊張するが、啓太は覚悟を決めてこっくり頷いた。

「じつは、夫はわたしと結婚する前、ゆうちゃんとも関係を持っていたんです」

驚きの告白だった。聞いた瞬間、頭を殴られたような衝撃を覚えた。

哲也が宇津井亭に住みこみで働いていた修業時代の話だ。礼子と交際しながら、その裏で裕子とも付き合っていた。さらに礼子と結婚した後も、裕子との関係はつづいていたという。

「つまり……二股をかけていたってことですか？」

「そうとも言えますけど……」

なぜか礼子は庇《かば》うような口ぶりだ。夫が不貞を働いていた、しかも相手は実の妹だというのに、彼女の口調から怒りは感じられなかった。

「いつ知ったんですか、そのこと」

「結婚する前から、薄々わかっていました」

またしても耳を疑う答えが返ってきた。

妹と浮気しているのを知っていながら結婚したことになる。礼子の気持ちが、まったく理解できなかった。

「言えなかったんです。幸せが壊れてしまいそうで」

真実を知ることで、彼と築いてきたものが崩れ去るのを恐れていた。だから、ずっと見て見ぬ振りをしてきたという。いつか、彼が自分だけを見てくれる日が来ることを願いながら……。

それだけ哲也を愛していたということかもしれない。そんな女心はわからなくもないが、そこにつけこんだ男の身勝手さが腹立たしかった。

「あの人は悩んでいたんです」

啓太の怒りに気づいたのか、礼子が弁明をはじめた。

元来真面目な性格で、結婚する前からずいぶん悩んでいたらしい。口にこそしないが、彼の苦悩が伝わってきたという。

「ゆうちゃんも苦しんでいました。だから、わたし、なにも言えなくて……」

礼子は言葉に詰まり、口もとを両手で覆った。

夫と妹が不適切な関係にあったというのに、なぜか礼子はすべてを許していた。人がいいにもほどがある。もっと怒るべきではないかと、聞いている啓太のほうが苛《いら》立《だ》っていた。

「本当にそれでよかったんですか？」

「仕方ないんです。ここは田舎ですから」

礼子の声は消え入りそうだが妙に重かった。

彼女の言葉には単なる諦めとは次元の異なる、閉塞された空間ならではの事情が隠されていた。

宇津井亭は秘湯中の秘湯で、宿泊客は年配者が圧倒的に多い。若い人などめったに泊まりに来ない。しかも、隣村に温泉街ができたため、寂れていく一方だった。出会いなどあるはずもなく、かといって遊びに出る余裕もない。礼子としては、妹だけ除け者にするのは忍びなかった。

同年代の若者は自分たち姉妹と哲也だけ。この山奥で暮らしていくには、三人で仲良くやっていくしか道はなかったのだ。

「ゆうちゃんは泣きながら謝ってくれました」

夫が亡くなった後、裕子が号泣しながら謝罪する姿を見たら怒れなかった。告白してくれただけでも充分だと思った。

「本気で哲也さんを愛していたとわかったから……」

礼子は苦しげに声を絞りだした。

「わたしもゆうちゃんも、まだ哲也さんを忘れられないんです」

夫の死は理解しているが、心が受け入れようとしない。いつか帰ってくる気がして、愛する夫と暮らしたこの旅館から離れられないという。

(だから客が来ないのに、こんな淋しい場所にしがみついてるのか)

きっと裕子も同じ気持ちなのだろう。二人きりで暮らしながら、哲也のことを待ちつづけている。姉妹のやるせない想いが、啓太の胸を強く締めつけた。

「だからって……」

啓太は言葉を呑みこんだ。

もう誰も責めることはできない。礼子も裕子も散々悩み、そして苦しんできた。その結果、今は二人きりで力を合わせてやっているのだ。

「哲也さん、本当に事故だったのかしら……」

礼子がぽつりとつぶやいた。

山菜を採りに山に入り、足を滑らせて湖に転落したと聞いている。当日はひどい雨が降っていた。

「あんな雨の日に出かけたことはなかったんです」

食材の山菜が足りなかったのならともかく、まだストックはあったという。それなのに、哲也は雨のなか出かけて湖に落ちた。

「今でも、時々ゆうちゃんと話すんです。もしかしたら……あの人、けじめをつけたんじゃないかって」

哲也は生真面目な男だった。あれは不幸な事故などではなく、自ら命を絶ったのではないか。二股をかけていることを気に病んで、自分の手ですべてに終止符を打とうとしたのではないか。

実際のところ真相はわからない。

遺書はなかったし、裕子も心当たりはないという。それでも、哲也らしい責任の取り方だと姉妹は思っていた。

話を聞き終えた啓太は、ただただ呆然とするしかなかった。

「なんか……すみません」

自分が写真のことなど尋ねたばかりに、つらい過去を思い出させてしまった。興味本位で姉妹のプライベートに踏みこんだことを反省した。

「いいんです。ずっと前のことですから」

そうつぶやいた礼子の顔は、意外にもさばさばしているように見えた。

「もう、淋しくないですから」

礼子がかつてないほど穏やかな笑みを向けてきた。

彼女の瞳に妙な熱を感じる。東京からふらりとやって来た啓太に、亡き夫の姿を重ねているようだった。

3

その日の夜、啓太は眠れずに悶々としていた。

寝返りを打っては溜め息を漏らし、今は豆球の明かりに照らされた天井を見つめている。眠ろうと思って無理やり目を閉じると、礼子から聞いた話が頭のなかをグルグルまわりはじめた。

あらためて思い返すと、信じがたい話だった。

姉妹でひとりの男を愛していたのだ。取り合ったのならまだわかる。だが、礼子と裕子は、暗黙のうちに哲也を共有していた。そんな関係を何年もつづけて、彼を追いつめる結果となった。

事故か自殺かはわからない。だが、哲也が苦悩していたことは確かだろう。礼子と裕子が彼を愛していたように、哲也も姉妹のことを心から想っていたのではないか。会ったことはないが、そんな気がしてならない。

どちらかひとりに決めることができたのなら、哲也は命を落とさずに済んだのだろうか。

非常にむずかしい選択だが、選ばれたほうは哲也と幸せになり、選ばれなかったほうはきっぱり諦めて次の恋に向かう。今だから言えることだが、そういう道もあったかもしれない。

もっとも啓太だったら、どちらかひとりを選ぶことなど不可能だ。礼子も裕子も魅力的な女性だった。

そんなことを考えているうちに、目がどんどん冴えてしまう。時間ばかりが無駄に過ぎて、まったく眠気が襲ってこなかった。

（ううん、困ったぞ）

再び寝返りを打ったとき、ミシッという微かな音が聞こえた。廊下が軋む音に間違いなかった。

（これは、もしかしたら……）

嫌でも期待が膨らんでしまう。

礼子か裕子のどちらかが忍んでくるのかもしれない。啓太はとっさに寝た振りをして、全神経を耳に集中させた。

カタッ——。

襖が小さな音を立てる。その直後、ゆっくり開くのがわかった。

（ど、どっちだ？）

我慢できずに薄目を開ける。まったく想像がつかない。どちらが来ても受け入れるつもりだった。

（礼子さんだ！）

寝間着姿の女性は礼子に間違いない。足音を忍ばせながら、歩み寄ってくるところだった。

「失礼します」

啓太が起きているとわかっているのか、小声で囁いて隣に横たわる。身体がぴったり密着して、耳に息が吹きかかった。

「うっ……」

添い寝されただけで、啓太の胸の鼓動は速くなってしまう。精がつく料理を食べた効果もあるのか、早くもペニスが硬くなっていた。

「寝てしまったのですか?」

礼子が静かに語りかけてくる。吐息が耳をくすぐり、背筋がゾクゾクする快感がひろがった。

「うむっ」

反射的に肩をすくめるが、まだ寝た振りをつづけていた。このまま狸寝入りをしていたら、礼子がなにを仕掛けてくるのか興味があった。

「啓太さん……」

またしても耳穴に息を吹きこみ、指先で体をなぞってくる。寝間着の上から胸板で円を描いたと思ったら、乳首を軽く弾いてきた。

「くっ!」

強い刺激がひろがり、またしても小さな声が漏れてしまう。それでも目を閉じていると、今度は耳たぶに唇が触れてきた。

「ううっ……」

すでに男根はこれ以上ないほど勃起している。先端からはカウパー汁が溢れて、トランクスの内側を濡らしていた。

「ああンっ、本当は起きてるんですよね？」

耳たぶを甘噛みされて、いよいよ我慢できなくなってくる。その直後、寝間着の上からペニスに指が巻きついてきた。

「うおっ、ちょ、ちょっと……」

我慢できずに声をあげてしまう。反射的に目を開けると、すぐそこに礼子の顔が迫っていた。

「わたしのこと、お嫌いですか？」

珍しく拗ねたような声を出し、今にも泣きだしそうな顔で見つめてくる。普段の落ち着いた雰囲気からは考えられなかった。

「き、嫌いじゃないです」

未亡人の甘える姿に、啓太の心は完全にノックアウトされていた。

「っていうか……す、好きです」

姉妹のどちらかを選ぶことはできないが、好きという気持ちに嘘はない。礼子のことも裕子のことも、本気で好きになっていた。

「嬉しいです」

礼子はほっとしたように表情を崩すと、いきなり唇を重ねてくる。両手で頬を挟んで、チュッ、チュッとついばむような口づけを繰り返した。

「でも、啓太さんって意地悪なんですね」

キスの合間に砕けた調子で話しかけてくる。まるで恋人同士のように親密な雰囲気になっていた。

「どうしてですか？」

「だって、ずっと寝た振りをしてたじゃないですか」

「礼子さんがどうするのか見ようと――うむううっ」

唇を塞がれたことで、啓太の言葉は遮られてしまう。そのまま舌を入れられて、口内を舐めまわされた。

「あふンっ……やっぱり意地悪です」

礼子は散々口内をしゃぶってから、寝間着越しに握った男根をゆるゆるとしごきはじめる。唇は軽く触れたままで、彼女の息遣いを直接感じていた。

「き、気持ち……うむっ」

またしても舌を深く入れられる。粘膜という粘膜をねぶり抜き、さらには舌を思いきり吸いあげられた。

（ああっ、なんて気持ちいいんだ）

うっとりしていると、彼女の手が寝間着の裾から入りこんでくる。トランクスをずりおろし、太幹を直に握りしめてきた。

「ううっ！」

途端に快感がひろがった。寝間着越しとはレベルが違う愉悦が湧き起こり、ペニスの硬度が一気に増した。

「ああン、硬くて熱いです」

ほっそりした指が、いきり勃《た》った肉棒を擦りあげてくる。生でしごかれる感触は格別だ。腰に震えが走り、先走り液が大量に溢れだした。

「す、すごくいいです」

「ふふっ、嬉しい……啓太さんが悦《よろこ》んでくれるのが、わたしの悦びなんです」

ゆったりしたペースで肉棒をしごき、柔らかい唇でキスをする。首筋や耳まで舐められて、快感はどこまでも膨らんでいく。

「お、俺も……」

女体に触れたくて手を伸ばす。寝間着の上から乳房の膨らみを揉みあげると、蕩けるような柔らかさが伝わってきた。

「あンっ、触りたいですか？」

礼子は自ら帯をほどき、浴衣《ゆかた》の前をはだけさせる。ブラジャーはつけておらず、いきなり大きな双つの乳房が露わになった。

「おおっ、柔らかい」

手のひらを重ねた途端に声が漏れた。成熟した未亡人の乳房だ。指が沈みこむ感触に陶然となりながら、柔肉をゆったり揉みまくった。

「はああンっ、啓太さんに触られると、すごく気持ちいいです」

嬉しいことを囁きながら、彼女も啓太の帯をほどいていく。寝間着の前を開き、胸板と勃起したペニスを露出させた。

「大好きです」

礼子が太幹に指を絡めて、真剣な瞳を向けてくる。啓太がこっくり頷くと、照れ笑いを浮かべて胸板に頬擦りしてきた。

今夜はやけに甘えてくる。啓太に夫のことを話したため、思い出して淋しくなったのかもしれない。彼女は三十三歳という若さで未亡人なのだ。自分ひとりでは、疼く身体を静めるのはむずかしいだろう。

「今だけは俺が……」

上手く言葉にできないが、なんとかして彼女を癒してあげたかった。

助けてもらった恩返しや、多少の同情もゼロとは言わない。だが、それ以上に純粋な気持ちで彼女の力になりたかった。

啓太は彼女を仰向けにすると、女体から浴衣を脱がしにかかる。パンティを穿いていないのは、最初から抱かれるつもりで来たからだ。恥丘に茂る秘毛は相変わらず濃厚で、ぴったり閉じ合わせた内腿の隙間からは牝の匂いが漂っていた。

「綺麗だ……いつ見ても綺麗ですよ」

無意識のうちに溢れだした言葉は本物だ。

豆球の光に照らされた女体をじっくり眺めまわす。なにもかもが完璧な芸術品のような身体だった。

「あんまり、見ないでください」

礼子は恥ずかしげにつぶやき、顔を横に向けてしまう。それでも、決して裸体を隠すことはない。両手は身体の両脇に置いて、すべてを晒している。口では嫌がっても、本心では見られたいと思っているのだ。

「とっても綺麗です。全部、見せてください」

情熱的に囁き、女体に視線を這いまわらせた。

足の爪の形すらも美しく感じる。滑らかな臑《すね》には無駄毛が一本もなく、適度に脂の乗った太腿も素晴らしい。柔肉の弾力はもちろん、染みひとつない肌理《きめ》の細かい肌に惹きつけられた。

その控え目な性格に反するかのように、秘毛だけは堂々と茂っている。そこにだけは、彼女の淫蕩な一面が滲み出ていた。腰がくびれているため、なおのこと尻と乳房の大きさが強調されている。見られることで昂っているはずなのに、羞恥に染まった表情も魅力的だった。

（未亡人だなんて、もったいない）

これだけ色っぽい身体をしているのに、この山奥で暮らしている以上、触れてくれる男は現れない。いくら亡くなった夫のことを忘れられないとはいえ、これは不幸以外の何物でもなかった。

とにかく、見ているだけで全身の血液が沸きたつほどの女体だ。熱く滾《たぎ》ったペニスを、彼女に突きたてたくて仕方なかった。

「俺が代わりになります」

啓太は意を決してつぶやいた。

今だけ哲也の代わりになる。そして、彼女が夫とするはずだったことを、自分がしてあげたかった。

「俺じゃあ不足かもしれないけど……それでも、礼子さんが望むことの何百分の一だけでも、叶えてあげたいんです」

思いの丈をぶつけると、礼子は背けていた顔をこちらに向けた。

「嬉しいです」

今にも涙がこぼれそうなほど瞳が潤んでいる。啓太の熱い気持ちが伝わり、礼子は照れながらもすっかり打ち解けた表情になっていた。

「俺のこと旦那さんだと思って、なんでも言ってください」

体に絡みついていた寝間着とトランクスを脱ぎ捨てる。すると、礼子は逡巡しながらも、枕の下に手を忍ばせた。

「では、これを……」

彼女が取りだしたのは、木で作られた棒状の物体だった。

「なんです？」

差し出された物を受け取ると、表面は滑らかでしっとりしていた。

かなり古い物のようだが、磨きこまれて黒光りしている。丁寧にヤスリがけされており、角や引っかかりはいっさいない。バナナのように少し反っている。不思議に思いながら見まわしていると、あることに気がついた。

「こ、これは……」

よく見ると男根の形をしている。亀頭の丸みはもちろん、尿道口やカリの段差も精巧に再現されていた。

「張形《はりがた》です」

礼子の声は消え入りそうなほど小さかった。

張形――聞いたことはあるが、実際に目にするのは初めてだ。男根の形を模した淫具を、どうして彼女が持っているのだろう。火照る身体を、毎晩これで慰めているというのか。

「宇津井家の女たちに代々伝わっているものです」

疑問に答えるように、礼子が小声でつぶやいた。

かつて繁盛していた頃は、夫婦の閨《ねや》の時間も満足にとれないほど忙しかったらしい。そのため、代々女将《おかみ》はこれで自分を慰めていたという。

「でも、いつの間にここへ？」

啓太は枕をチラリと見やった。先ほど彼女は張形を枕の下から取り出したが、いつからそこに置いてあったのか疑問だった。

「啓太さんが寝た振りをしている間に隠しました」

礼子は楽しげに目を細めた。

これを持って部屋に侵入して、啓太が気がつかぬように、枕の下にそっと滑りこませたという。

「使ってもらえますか？」

礼子が様子をうかがうように尋ねてくる。

より強い刺激を求めているのは間違いない。彼女は最初から、これを使うつもりで部屋に持ってきたのだ。

「そういうことだったんですね」

啓太は張形を撫でまわし、礼子の顔に視線を向けた。

いかがわしい淫具を挿入することで、彼女の美貌を崩してみたい。張形で女壺を掻きまわされて、礼子が気をやるところを見たかった。

「わかりました。今日はなんでもすると約束しました。礼子さんが望むことをしてあげます」

啓太は宣言すると、女体をシーツの上でうつ伏せにした。

「お尻をあげてください」

「こ、こうですか？」

礼子は戸惑いながらも四つん這いになる。肘と膝をついた獣のポーズで、豊満なヒップを持ちあげた。

想像以上にセクシーな格好だ。熟れた未亡人が全裸で這いつくばる姿が、啓太の理性を揺さぶった。だが、まずは彼女の願いを叶えることが先決だ。まずは背後にまわりこみ、むちむちの尻たぶに指先をそっとあてがった。

滑らかな肌の表面を、ゆったり大きく撫でまわす。表面を刷毛《はけ》で掃くように、わずかな刺激だけを送りこんだ。

「あっ……くすぐったいです」

「くすぐったいだけですか？」

両手で尻たぶを撫でながら問いかける。逸る気持ちを抑えこみ、慌てず円を描くように柔肌を撫でつづけた。

「はああンっ、くすぐったくて……ゾクゾクします」

礼子は呼吸を乱して、尻を微かに揺すっている。もっと強い刺激を欲しているのだろう、自ら双臀を突き出してきた。

「ああっ、啓太さん」

「これが欲しいんですね」

張形の先端で、臀裂をそっと撫であげる。それだけで女体が小さく跳ねて、礼子はたまらなそうに腰をくねらせた。

「ああンっ、も、もう……」

「挿《い》れて欲しいんですか？」

臀裂を擦りながら、同じ質問を投げかける。すると、彼女は涙を湛えた切なげな瞳で振り返った。

「は、はい……欲しいです」

「じゃあ、すぐに挿れてあげますよ」

あらためて尻の狭間《はざま》を覗きこむ。くすんだ色の肛門のすぐ下で、サーモンピンクの陰唇が濡れ光っている。逞しい男根を求めて、新鮮なアワビのようにウネウネと蠢いていた。

「もうこんなに濡れてるじゃないですか」

張形の亀頭で、陰唇をそっと撫でてみる。たっぷりの愛蜜が付着して、木の表面が黒っぽく湿っていった。

「お願いです……早く……」

礼子が我慢できないとばかりに尻を振る。啓太は張形の亀頭全体に華蜜をまんべんなくまぶすと、いよいよ膣口にゆっくり沈みこませた。

「おおっ、簡単に入っていきますよ」

「は、入って……あっ……あっ……」

這いつくばった状態で、女壺が張形を受け入れていく。途端に背中が反り返り、優美な曲線を描き出す。尻たぶが小刻みに震えだし、膣が収縮して張形を思いきり締めつけた。

「あううッ、ダ、ダメぇっ」

「そんなに力んだら動かせませんよ」

「だ、だって……はンンッ」

よほど感じるのか張形をきつく食い締めている。前後に動かせないので、張形をゆっくり回転させてみた。

「ひッ、ダメっ、まわさないで、あひいッ」

礼子の声が裏返り、女体がまたしてもビクビクと痙攣する。摩擦感が愉悦を生みだし、愛蜜の量が一気に増えた。

「ひうッ、擦れて……はああッ」

「これを使ってオナニーしてるんですね」

「でも、こんな格好じゃないから……ああッ」

どうやら、張形を使ってオナニーしているらしい。告白したことになるが、性感を蕩かせている礼子は気づかなかった。

「違うところに当たって……あッ、ああッ」

再び埋めこみにかかると、礼子の喘ぎ声が大きくなる。木製の張形は愛蜜でコーティングされて、すっかり動きがスムーズになっていた。

根元まで挿入すると、すぐさま張形を引きだしていく。カリが膣壁を擦りあげるたび、女体の反応が大きくなる。華蜜が掻きだされて、ひろがった膣口はぐっしょり濡れていた。

「ああッ、こんなのって……」

「感じますか？　礼子さんが望んだことですよ」

少しずつ張形のピストンを速くする。蜜音が響いて、彼女の腰が弾むように上下に揺れた。

「ゆ、ゆっくり、あぁッ」

「きっと速いほうが気持ちいいですよ」

「あッ、ダ、ダメです、あぁッ」

背筋がさらに反り返る。膣口はしっかり張形を食い締めて、尻の穴まで収縮と弛緩を繰り返した。

愛蜜が大量に分泌して、木製の張形もたっぷり吸って馴染んでいる。ピストンは滑らかで、啓太はテンポよく抜き差しを繰り返した。

「ああッ、もう……あああッ、もうダメですっ」

礼子が振り返って訴える。絶頂が近づいているのは明らかで、腰のうねり方が大きくなった。

「いいですよ、思いきりイッてください」

そろそろ頃合いだろう。張形の抽送を速めてやれば、彼女はいとも簡単に昇りはじめた。

「はああッ、いい、いいっ、すごくいいです!」

「これでイクんですね。おっ、また締まってきました」

纏わりついてくる媚肉を振り払うように、力強く張形をスライドさせる。膣壁を擦りまくり、あたりに濃厚な牝の匂いがひろがった。

「あああッ、もうっ、もうっ」

礼子が両手でシーツを握りしめ、高く掲げたヒップを力ませた。

「はううッ、い、いいっ、あああああッ、もうっ、あぁあああああああッ！」

ついにアクメの嬌声が迸る。礼子は全身の肉をぶるぶる震わせながら、快楽の渦に呑みこまれていった。

未亡人が絶頂を貪っている。あの礼子が四つん這いのはしたない格好で、豊満なヒップを揺すりたてて達したのだ。女壺で張形を食い締めて、尻の穴までヒクつかせていた。

4

「イッたんですね……これで」

張形を引き抜くと、愛蜜がとろりと糸を引いて垂れ落ちた。

礼子は力尽きたようにうつ伏せに倒れこみ、息を乱している。膣口はぽっかり開いたままで、呼吸に合わせて陰唇が微かに蠢いていた。

未亡人が淫らに昇り詰める様を目の当たりにして、啓太のペニスはカウパー汁をとめどなく垂れ流している。今すぐ女壺に男根を突きこみ、欲望にまかせて腰を振りたくりたかった。

「礼子さん、俺も我慢できません」

くびれた腰を掴んで強引に持ちあげる。再び四つん這いにさせると、高く掲げたヒップの真後ろに陣取った。

膨張した亀頭を、愛蜜まみれの膣口に押し当てる。そのまま一気に貫こうとしたそのとき、礼子がおずおずと振り返った。

「あの……お願いがあるんです」

双臀を突き出した姿勢で、腰をゆったりくねらせている。彼女も昂っているのは間違いなかった。

「お尻のほうに……」

「……はい？」

いったい、なにを言っているのだろう。意味がわからず聞き返すと、礼子は焦れたように尻を振った。

「この間、悪戯されたから」

「悪戯？」

「お風呂で……触りましたよね」

つぶやいた直後、陰唇のすぐ上に見えている肛門がキュウッと収縮した。それを見たことで、ようやく記憶がよみがえった。

露天風呂で交わったとき、アヌスが愛らしかったので触れてみた。礼子は恥じらっていたが、同時に興味を持ったのだろう。あの日からひとり妄想を膨らませて、ついに自ら求めてきたというわけだ。

「ここを触ってほしいんですか？」

控えめに窄まっている肛門を、指先ですっと撫であげる。途端に礼子は背筋を反らし、全身を凍りついたように硬直させた。

「ひンンッ！」

「すごい反応ですね。お尻が感じるんですね」

さらに裏門を指先で押し揉んでみる。すると礼子はたまらなそうに喘いで、熟れた双臀をブルブル震わせた。

「あっ……あっ……そ、それ……」

「へえ、そんなにお尻が好きなんですか。それなら……」

啓太はいったんペニスを陰唇から離し、彼女の背後に屈みこんだ。そして、尻たぶを両手で割り開き、臀裂に顔を埋めていった。

「ま、待ってくださ——あひいッ！」

慌てた礼子の声が、裏返った嬌声に変化する。露呈させたアヌスに唇を押し当てたのだ。さらに舌を伸ばして、肛門の皺《しわ》を舐めまわした。

「ひいッ、ダ、ダメっ、ひあぁッ」

礼子はパニックに陥ったように喘ぎだす。尻を左右に振りたくり、背筋を反らしたり丸めたりを繰り返した。

「お尻の穴がヒクヒクしてますよ」

無数にひろがる皺を、舌先で一本ずつなぞっていく。そのたびに彼女は喘いで、敏感な窄まりをヒクつかせた。

「そ、そんなところ、汚いですから」

「礼子さんの身体に汚いところなんてありません」

啓太は肛門をしゃぶりながら、きっぱり言い切った。そして、たっぷりの唾液を塗りつけて多少ほぐれたアヌスに、尖らせた舌先を押しつけた。

「ヒッ、ちょ、ちょっと……」

彼女が戸惑いの声を漏らすが、構うことなく舌を押しこんだ。

「あひぃッ、そ、それは……ひぃぃッ！」

礼子の反応は凄まじい。なにしろ、排泄器官に舌を挿入したのだ。悲鳴と紙一重のよがり泣きを響かせて、黒髪を激しく振り乱した。それでも、豊満な双臀は突き出したまま、四つん這いの姿勢を崩さなかった。

両手で尻たぶを撫でまわしながら、肛門の内側まで舐め尽くす。礼子の喘ぎ声に気をよくして、執拗に禁断の裏穴をしゃぶりつづけた。

「あひッ、もう許して、ひううッ、許してください」

「気持ちよかったですか？」

ふやけるほど散々舐めまわして口を離す。礼子は尻を高く掲げたままで、上半身はシーツに突っ伏していた。

彼女はなにも答えない。やりすぎたかと思ったが、淫裂からは愛蜜が滴り落ちていた。大量の華蜜が溢れだし、肉唇が意思を持った生き物のように蠢いている。背徳的な愛撫に反応していたのは間違いなかった。

「ようし……」

啓太は膝立ちの姿勢を取ると、亀頭を膣口に押しつけた。

「あンっ、そこじゃないです」

悶え喘ぐばかりだった礼子が振り返る。髪が乱れて瞳を潤ませた顔は、あからさまに発情していた。

「お尻のほうに……」

一瞬、自分の耳を疑うが、礼子の恥ずかしげな表情を見て確信する。彼女は裏門への挿入を望んでいるのだ。

「本当に……いいんですか？」

さすがに躊躇してしまう。アナルセックスの経験など一度もない。期待でヒクつく肛門を指でなぞると、女体にぶるるっと震えが走り抜けた。

「あううっ、夫とできなかったことを叶えたいんです」

訴えてくる声は切実だった。

彼女も裏門での経験はないという。いつか夫に捧げようと思っていたのではないか。それなのに、願いは永遠に叶えられなくなってしまった。

「夫以外は無理だと思っていました。でも、啓太さんなら……」

礼子の言葉に胸が震えた。

単なる夫の代わりではなく、彼女のお眼鏡に適《かな》ったということだ。そこまで言われたらやるしかない。未亡人に求められて、男冥利に尽きると言うものだ。啓太は感激しながら、亀頭の先端をアヌスにあてがった。

「あっ……」

「大丈夫ですか？」

その言葉は自分自身にも向けられていた。なにしろ初めてのことだ。彼女が頷くのを確認して、慎重に腰を押し進めた。

「ふんんっ」

たっぷり舐めしゃぶったので、柔らかくなっている。肛門の襞が内側に押しこまれて、ツプッと微かな音を立てて口を開けた。

「あうっ、怖いです」

「ゆっくり挿れますから、力を抜いてください」

安心させるように尻たぶを撫でまわし、ゆっくり亀頭を押し出していく。肛門はさらにひろがるが、強固な抵抗も感じていた。

「はンンっ」

礼子も苦しげに呻き、眉間に縦皺を刻んでいる。その悩ましい表情に惹かれて、さらに体重をかけていった。

「あうッ、ひろがる……はううッ！」

彼女の唇から、いっそう大きな声が溢れ出す。ついに亀頭を埋めこむことに成功した。もっとも太いカリの部分が肛門を通過したのだ。

「くおッ……やった、入りましたよ！」

「は、はい……やっと願いが叶いました」

どうなることかと思ったが、亀頭が収まったことで少し楽になったらしい。衝撃を嚙みしめながら、彼女もほっとした様子でつぶやいた。

「それにしても……うぬぬっ」

かつて味わったことのない強烈な締めつけだ。肛門の襞がカリ首に食いこみ、凄まじい快感を生み出していた。

「も、もっと……挿れてもいいですか？」

腰を振りたくてたまらない。彼女が掠れた声で「どうぞ」とつぶやくと、すぐさま挿入を再開した。

「んっ……んんっ」

まだ互いに慣れていないので、様子を見ながらゆっくり押しこんでいく。膣とは異なり、常に全体を絞りあげるハードな締まり具合だ。唾液とカウパー汁のヌメリを利用して、じわじわ埋めこんでいった。

「はうっ、お、大きい、はううっ」

礼子も苦しげにつぶやいている。全身にじっとり汗が滲み、尻たぶが小刻みに震えていた。

「抜きましょうか？」

中断はしたくなかったが、彼女が苦しむ姿は見たくない。ところが、礼子はすぐさま首を左右に振った。

「つづけてください……お願いですから、最後まで」

挿入するだけではなく、達することで完遂と考えているらしい。彼女はアナルセックスの継続を心から望んでいた。

「そういうことなら、わかりました」

啓太としても、ここまで来て中断するのはつらかった。くびれた腰をしっかり摑んで、スローペースで挿入する。彼女は自分の指を嚙み、肛門が拡張されていく感覚に耐えていた。

「あうッ……あううッ」

「くううッ、全部入りました」

じわじわ押し進めて、ついに肉柱が根元まで嵌《はま》りこんだ。

啓太の股間と礼子の尻たぶが密着している。ペニスは臀裂の狭間に入りこみ、裏門を深々と貫いていた。

「か、感じます、啓太さんを……すごく熱いです」

礼子が話すたび、肛門が太幹を食い締める。まるで咀嚼《そしゃく》するような動きで、これまでにない快感がひろがった。

じっとしていられず、さっそく抽送を開始する。アヌスの締めつけに逆らい、ペニスをじわじわ引き抜いていく。内側に巻きこんでいた肛門の襞が捲《まく》れて、後退する太幹を擦りあげていた。

「ひッ、擦れて……ひううッ」

礼子は両手でシーツを摑んで喘いでいる。感じているのか苦しんでいるのか、判断に迷う声だった。

(俺だけじゃなくて、礼子さんも)

肛門がペニスの太さに慣れるまでは時間がかかるのだろう。それでも、なんとか気持ちよくしてあげたい。彼女が望んでいたアナルセックスが実現したのだ。どうせなら二人で快感に浸りたかった。

「そうだ、これを使えば……」

張形がシーツの上に転がっていた。

同時に蜜壺を刺激すれば、彼女も感じるのではないか。アヌスだけではむずかしくても、感度抜群の膣を愛撫すれば、二人で達することができるかもしれない。試してみる価値はあるだろう。

亀頭が抜け落ちる寸前まで腰を引き、膣口に張形の先端を押し当てた。愛蜜まみれの陰唇が湿った音を響かせて、くびれた腰が情感たっぷりに波打った。

「ああンっ、な、なにをしてるのですか？」

「心配しなくても大丈夫ですよ」

確証はなかったが、張形をズブリと埋めこんだ。

「はああッ、そ、そんな……」

「こっちは感じるみたいですね」

彼女の反応に安堵して、木製の疑似男根をさらに挿入する。肛門に亀頭を咥えこませたまま、蜜壺に張形を押しこんでいった。

「ああッ、今は待ってください、あああッ」

初めての刺激に礼子が戸惑いの声をあげる。それでも、蜜壺は待ち構えていたようにうねり、硬い淫具を受け入れていく。内側に溜まっていた愛汁が溢れだし、いとも簡単に埋まっていった。

「ほら、全部入っちゃいましたよ」

肛門に亀頭が嵌った状態で、張形を根元まで挿入したのだ。二穴を太いもので埋められて、礼子は困惑しながら腰をくねらせた。

「ああっ、同時になんて……」

「いやですか？」

背中に覆いかぶさり、両手を前にまわして乳房を揉みあげる。柔肉に指をめりこませて、ゆったり大きく捏ねまわした。

「はンンっ、だ、だって……」

「だって、なんです？」

うなじにキスをして、耳もとで囁きかける。乳首を摘みあげると、肛門が条件反射のようにカリ首を締めつけた。

「ああンっ、ダメぇっ」

先ほどまでとは明らかに反応が違っている。アヌスは嬉しそうに蠢き、太幹を引きこむように波打った。

「こんなのって……りょ、両方なんて……」

「でも、礼子さんのここは感じてるみたいですよ」

再びペニスを押しこんでいく。膣に張形を挿入しているせいか、先ほどよりも狭く感じる。それでも、全体にカウパー汁が行き渡っており、いくらかスムーズに動かすことができた。

「は、入ってくる……あッ……あッ……」

「さっきよりも楽だけど、ううッ、やっぱりすごい」

根元まで収まると、すぐさま後退させる。きつい締めつけが快感を生みだし、あらたなカウパー汁が分泌された。

「ひッ、また擦れて……ああッ」

引き抜くときのほうが感じるらしい。肛門の襞が震えて、彼女の声がますます艶を帯びた。

「これが入ってると気持ちいいですか？」

股間に手を滑りこませて、膣口から覗いている張形の尻を小突いてみる。すると振動が伝わり、双臀の筋肉に力が入った。

「はうンンッ……そ、そっちは動かさないでください」

礼子が懇願するから、なおのこと悪戯したくなる。アヌスの男根をじりじり動かしつつ、張形をほんの少し抜き差しした。

「ひいッ、あひッ」

思った以上の反応だった。女体は敏感に反応して、礼子は呼吸もできないほど喘ぎだす。張形をピストンするたび尻たぶに力が入り、結果として肛門が収縮してペニスが締めあげられた。

「ううッ、これはすごい」

普通のセックスとは異なる危険な匂いの愉悦がこみあげる。未亡人の肛門に男根を突きこみ、女壺を張形で犯しているのだ。背徳感が刺激されて、頭のなかが燃えるように熱くなっていた。

「礼子さんっ、くううッ」

再び両手を乳房にまわして揉みあげる。柔肉の感触で気分が高揚して、自然と腰の動きが速くなった。

「ああッ、け、啓太さん、ひああッ」

喘ぎ声を振りまきながら礼子が振り返る。こちらを見つめてくる瞳から、大粒の涙が溢れて頬を伝い落ちた。

痛みを感じているわけではない。太さに慣れたのか抽送はスムーズになり、アヌスは嬉しそうに男根を食い締めている。蜜壺も激しく蠢き、張形を咀嚼するクチュクチュという音が響いていた。

「感じてるんですね、どっちの穴が気持ちいいんですか？」

腰を振りながら問いかける。もはや気を使う必要もなく、ペニスを力強く抜き差ししていた。

「ああッ、そんなこと聞かないでください」

よほど感じるのだろう。腰のうねりが大きくなり、背中まで波打たせている。全身汗だくで、滑らかな皮膚が豆球の光を受けてヌメ光っていた。

「でも、張形を挿れたほうが感じるんですよね？」

女壺を意識してゆったり腰を振る。すると、薄い粘膜越しに、張形の硬さが確かに伝わってきた。

「ほら、擦れてるのわかりますか？　ゴリゴリしてますよ」

「あひッ、そ、それ、ダメです、あああッ」

本物のペニスと木製の疑似男根が、下腹部の奥で擦れ合っているのだ。彼女も感じているのは間違いない。ついには淫らがましく尻を振りたくり、あられもない喘ぎ声を響かせた。

「ああッ、なかで当たってます、ひあああッ」

「これが好きなんですね」

「す、好き、あああッ、好きです」

シーツを搔きむしってよがり泣く姿は、とても貞淑な未亡人とは思えない。亡くなった夫のことを想いつづけているのに、熟れた身体は刺激を求めて疼いていた。夜な夜な張形で欲望を静めてきたが、もうとっくに限界だったのだ。

「そんなに感じていいんですか？　これは旦那さんのチ×ポじゃないんですよ」

嗜虐的な気分になり、わざと夫の話題を振ってみる。すると、案の定、礼子の反応が強くなった。

「ああッ、意地悪なこと言わないでください、わたしは、もう……あああッ」

ついには尻穴まで捧げて、二穴責めでよがり泣いている。夫以外のペニスでアヌスを犯されることで、背徳的な悦びに浸っていた。

「どっちも好きなんですね？」

「は、はい、好きです、どっちも、あああッ、どっちも好きですっ」

自分の言葉に興奮したのか、肛門の収縮がさらに強くなる。ペニスが締めあげられて、急激に射精感が迫ってきた。

「ぬううッ、すごいです、礼子さんのお尻」

ピストンを速めるが、彼女が苦しむ様子はいっさいない。むしろ快感が大きくなったのか、喘ぎ声が切羽詰まってきた。

「ああッ、ひああッ、激し……あああッ、激しいですっ」

全身を力ませて、高く掲げた尻を震わせる。啓太は夢中になって腰を振り、生ゴムのような感触の裏門を突きまくった。

「おおおッ、も、もうっ、ぬうううッ」

「ああッ、あああッ、わたしも、もうイキそうですっ」

彼女の声が引き金となり、ついにペニスを根元まで尻穴に叩きこみ、最深部で欲望の丈をぶちまけた。

「くおおおッ、出る出るっ、ぬおおおおおおおおッ！」

沸騰したザーメンが尿道を駆け抜けて、未亡人のアヌスのなかに注ぎこまれる。直腸粘膜を灼きつくし、彼女の理性を一瞬で蒸発させた。

「ひああッ、熱いっ、イクっ、イキますっ、あひあああああああッ！」

ペニスと張形を締めつけながら、礼子もアクメの急坂を駆けあがっていく。腰をあり得ないほどバウンドさせて、唇の端から涎《よだれ》を垂らして喘いでいた。

「ううっ……す、すごい」

啓太は最後の一滴まで注ぎこみ、崩れ落ちる女体とともに倒れこんだ。

二人は折り重なったまま、荒い呼吸を繰り返していた。半萎えになったペニスがずるりと抜け落ちる。ぽっかり口を開いたアヌスから、湯気をたてそうな白濁液が逆流して、女壺に突き刺さったままの張形を濡らしていった。

「ああっ……い、いい……」

礼子の切れぎれの喘ぎ声だけが、静寂のなかに響いている。

意識が飛んでいるのか、目の焦点が合っていない。それでも腰をくねらせて、快楽の余韻を貪っていた。

初めてのアナルセックスは、魂まで溶けるほどの愉悦だった。きっと彼女もそうだろう。いつもは礼子のほうが先に服を着るのに、今夜は四肢を投げだしたまま動こうとしなかった。

(今日もまた最高だった……)

啓太は彼女の隣で仰向けになり、豆球に照らされた天井を見あげていた。

まさかアナルセックスまで経験できるとは思わなかった。礼子は満足げに睫毛を伏せて、穏やかな呼吸音を響かせていた。

こんなに幸せでいいのだろうか。

もう東京には戻る気がしない。ここにいれば嫌なことをすべて忘れられる。彼女たちといっしょなら、ずっと幸せに暮らせる気がした。

でも、このまま居座ることはできない。

礼子の心のなかには、まだ亡くなった夫がいる。せめて過去のものになっていればいいが、彼女はいまだに夫の帰りを待ちつづけていた。

いつしか礼子は規則正しい寝息を立てている。逝き果てて疲れたのか、うつ伏せの状態で眠ってしまった。

啓太は静かに起きあがると、彼女の裸体に寝間着をかけた。

(礼子さん、俺は本気であなたのことを……)

とてもではないが言えなかった。

脱ぎ捨ててあった寝間着を身に着ける。そして、眠っている礼子を残して、居間をそっと後にした。

暗い廊下を壁伝いに進み、礼子の部屋の前に立った。

(すみません、許してください)

律儀に頭をさげると襖に手をかけた。

姉妹の部屋には立ち入らない約束だった。忘れたわけではない。でも、どうしても仏壇に手を合わせたかった。

二人の前では、できるだけ哲也の話題は出さないほうがいい。だから、思い立った今のうちに、こっそり手を合わせることにした。無断で部屋に入ることになるが、決して邪《よこしま》な気持ちではなかった。

そっと襖を開けていく。窓から差しこむ月明かりが、部屋のなかを青白く照らしていた。

文机の上は綺麗に片付けられている。部屋の真ん中には布団が敷いてあるが、横になった形跡はなかった。身体が火照って眠れそうにないので、張形を持って啓太のところに忍んできたのだろう。

布団をまわりこみ、仏壇の前で正座をした。

横の棚には哲也の遺影が置いてある。いかにも生真面目そうな男だ。現在の礼子と裕子のことを知ったら、いったいどう思うだろう。二人は啓太と関係を持っているのだ。かつての哲也と同じように……。

啓太は神妙な気持ちで、正面の位牌に向かって手を合わせた。姉妹を起こしてしまうので、お鈴《りん》を鳴らすのはやめておく。

(軽い気持ちじゃないんです。俺も二人のことを……)

どちらも選べなかった哲也の気持ちが、少しはわかる気がした。

哲也の場合は礼子と結婚していたのだから、さらに悩みは深かったに違いない。生真面目だからこそ、誰にも相談できずにひとりでもがき苦しみ、抜け出せない蟻地獄に嵌っていったのではないか。

目を開けて位牌をじっと見つめる。

哲也は悩み抜いた末に、自ら命を絶ったのだろうか。それとも、単なる事故だったのか、今となっては永遠の謎だった。

(これから、俺はどうすればいいんだろう……)

迷っている自分がいた。

ここで姉妹と暮らしたい気持ちがある。その一方で、東京に帰らなければとも思っていた。

「……ん？」

位牌をぼんやり眺めていた啓太は、あることに気づいて身を乗りだした。

(これは……どういうことだ?)

頭をハンマーで横殴りされたような衝撃だった。

やはりおかしい。月明かりに照らされた仏壇の前で、啓太は凍りついたように動けなくなった。

第五章　最後は一緒に

1

宇津井亭に来てから六日目の朝を迎えた。

昨夜、啓太は散々迷った末、礼子が寝ている居間に戻った。逃げだすことも考えたが、なぜか足は居間へと向いていた。

礼子の眠りは深かった。うつ伏せのまま、気持ちよさそうな寝息を立てていた。

（まさか、礼子さんが……）

そう思いつつ、彼女の隣で横になったのは、やはり惹かれる気持ちが強かったからだろう。

もはや、なにが真実なのかわからなくなっていた。それほどまでに衝撃が大きかった。まさか、こんな事態に遭遇するとは夢にも思わない。それでも、礼子の寝顔を眺めていると、不思議と心がやすらいだ。

(俺は、今の礼子さんが好きなんだ。それに裕子さんのことも……)

自分の気持ちに正直に生きたい。ただそれだけだ。

彼女たちが何者でも、いや、何者でなくても、今この瞬間の気持ちを大切にしたかった。

これから先、どうなるかわからない。でも、姉妹たちへの想いが変わることはないと断言できる。自分の想いを認識できたことで安堵した。すると、ようやく眠気が襲ってきて、目を閉じると同時に意識は闇に吸いこまれていった。

ふと目が覚めると、礼子の姿はなくなっていた。

カーテン越しに朝の光が差しこんでくる。起きあがってカーテンと窓を全開にすると、爽やかな風が吹きこんできた。朝日を浴びて、森の緑の香りを肺いっぱいに吸いこんだ。

今日も快晴だった。

澄み渡った空を見あげると、昨夜のことはすべて夢だった気がしてくる。礼子の部屋で目にしたものも幻だったのかもしれない。

ところが、ペニスに微かな疼きを感じて、アナルセックスの確かな記憶がよみがえる。礼子の部屋を訪れたこともはっきり覚えていた。夢ではない。人に話せば笑い飛ばされるに決まっているが、昨夜のことはすべて真実だった。

「啓太さん、おはようございます」

襖越しに礼子の声が聞こえた。

「朝ご飯ですよ」

今度は裕子の声だ。

美人姉妹が揃ってもてなしてくれる。朝はやさしく起こしてくれるし、食事も三食しっかり用意されているのだ。そして、なにより夜の相手までしてもらえる。これ以上の暮らしは考えられなかった。

「今、起きたところです」

啓太が襖を開けると、二人は廊下に並んで正座をしていた。

礼子は真っ白なノースリーブのワンピース。裕子は淡いピンクのブラウスに水色のフレアスカートを穿いていた。

「お、おはようございます」

啓太も慌てて正座をすると、かしこまって頭をさげる。すっかり打ち解けているのに妙に丁寧なところがあるのは、やはり旅館の娘として生まれ育ったからだろう。

「失礼いたします」

「すぐに準備しますね」

二人は部屋に入ってくると、敷きっぱなしだった布団をかたづけて、卓袱台を中央に移動させた。そして、用意してきた朝食をてきぱき並べていく。なにか手伝おうと思うが、邪魔になるのは間違いなかった。

「こんな俺に……毎朝、ありがとうございます」

二人の姿を前にして、胸に熱いものがこみあげてくる。宿泊客でもないのに、よくしてもらって感激していた。

「啓太さんは大切な人です」

「ずっと居てくれていいんですよ」

礼子と裕子が声をかけてくれる。社交辞令じゃないとわかるから、なおのこと心が揺さぶられた。

ふと昨夜の情景が脳裏に浮かぶ。今、淑やかに頭をさげている礼子が、尻の穴にペニスを咥えこんでいたとは信じられない。女壺では張形を食い締めて、よがり泣きを響かせながら達したのだ。

ここにいれば、そのうち裕子ともアナルセックスできるかもしれない。いずれにせよ、素晴らしい出来事が待っているのは間違いなかった。

（ここは、天国なのかもしれないな……）

なかば本気でそう思っていた。

今さら東京のアパートには戻りたくない。人に会うのが怖くて、ひとり暮らしの部屋に引き籠もった。カーテンも開けず、ベッドの上で膝を抱えていた。あんな惨《みじ》めな生活はもうこりごりだった。

だからといって、ここに残ってどうなるのだろう。

役立ちたいと思っても、啓太にできることはなにもない。底なし沼のように、姉妹に嵌っていくだけだ。

いや、自分は姉妹に嵌ってもいい。でも、それでは彼女たちのためにならない。確かに三人で居れば心地いい。いつまでもこうしていたいと心から思う。だが、礼子も裕子も、そして啓太自身もここにいてはいけないのだ。

「啓太さん、どうぞお座りになってください」

「お姉ちゃんと美味しいご飯を作りました」

姉妹が左右から迫ってくる。それぞれ腕を取り、卓袱台の前に導かれた。

鯵《あじ》の干物に大根おろし、揚げ出し豆腐とさつまいもの味噌汁、それに炊き込みご飯という朝から凝った献立だった。

「じゃ、じゃあ、いただきます」

いつもの朝と同じ光景が繰り返される。本当にこれでいいのだろうか。

そんな啓太の葛藤を見抜いているかのように、姉妹はいつにも増して世話を焼いてくれる。礼子がおしぼりで手を拭いてくれたり、裕子が箸を持たせてくれたり、まるで子供を相手にしているようだった。

「あ、ありがとうございます、でも、自分でできますから」

やんわり断ると、礼子はお茶を淹れたり、裕子は箸休めの漬物を持ってきたりと動きつづけた。

「あの……いっしょに食べませんか？」

啓太が提案すると、二人はようやく腰を落ち着けた。ところが、今日はやけに距離が近い。右肩には礼子が、左肩には裕子がぴったり寄り添っていた。

「では、わたしたちもいただきます」

「みんなで食べると美味しいですね」

徹底して姉妹は楽しげに振る舞っている。きっと啓太を引き留めようとしているのだろう。

（礼子さん、裕子さん……）

そんな二人がいじらしくて、ますます離れがたくなってしまう。思わず目頭が熱くなり、気持ちをぐっと引き締めた。

2

朝食後、啓太は姉妹といっしょに仏壇の前にいた。

食事を終えて、礼子に「お話があります」と声をかけると、彼女の部屋に誘われたのだ。さほど広くないので、自然と仏壇の近くに座ることになった。礼子と裕子が並んで正座をしており、二人の向かいに啓太がいた。

額にじんわり汗が浮かんだ。

仏壇の遺影が気になって仕方がない。

だが、あえて知らない振りをする。あの件に触れたところで、事態はなにも変わらないと思った。

「膝を崩してください」

礼子が気を使って声をかけてくれるが、彼女たちが正座をしている以上、ひとりだけリラックスするわけにはいかない。自然と膝を突き合わせて、密談するような格好になっていた。

「なにか大切なお話ですか？」

いつになく軽い調子で、礼子が尋ねてくる。平静を装っているが、瞳は不安げに揺れていた。

「晩ご飯のご相談なら、なんでもお好きなものを作りますよ」

すぐに裕子もおどけた様子で語りかけてくる。重苦しい空気にしたくないのだろう、無理をして笑っているように見えた。

「俺、自分のこと、なにも話してなかったから悪いなと思って。礼子さんはつらいことを教えてくれたのに……」

「お気になさらなくていいのですよ」

礼子が穏やかな声で応じてくれる。そして、同意を求めるように隣の裕子に視線を向けた。

「お姉ちゃんに聞きました。わたしたちのこと知っても、啓太くんはここに居てくれたんですね」

哲夫を巡る三角関係の告白は確かに衝撃的だったが、彼女たちといっしょに居たい気持ちのほうが大きかった。

「人には言いたくないこともあります。わたしたちは、時間が経ったから言えるんです……長い時間が経ったから」

礼子の言葉には実感が籠もっていた。

そう、乱れた心を落ち着けるには、時間が必要だったに違いない。とてつもなく長い時間が……。

哲也の命を奪ったのは自分たちではないか。

姉妹はそう思って、ずっと苦しんできた。そろそろ許されてもいいはずだ。呪縛から解かれてもいいはずだ。誰かが彼女たちを認めて、受け入れて、やさしい言葉をかけてあげるべきだった。

「俺のことも、知ってほしいんです」

体だけではなく、心でも繋がりたい。そうすることで、本当の信頼関係を築ける気がした。

礼子が慈悲深い瞳で見つめて、裕子はこっくり頷いてくれる。啓太は小さく深呼吸すると、意を決して口を開いた。

「俺……東京から逃げてきたんです」

いい思い出はひとつもなかった。

毎日くたくたになるまで働いたのに、会社からボロ雑巾のように捨てられた。倒れる寸前までがんばった。それなのに、いざとなると誰も助けてくれなかった。それどころか陰口を叩かれて、会社を辞めざるを得なくなったのだ。

「仕事がなくなって、全部いやになって……東京から逃げ出したんです」

辛い過去を曝《さら》けだすのは苦しいことだった。それでも、互いを知ることで心の繋がりが持てると信じていた。

(今度は、俺が二人を……)

自分は姉妹に救ってもらった。今度は自分が彼女たちに恩返しする番だった。

「東京に帰っても仕事はありません。俺を待ってくれている人も、心配してくれる人もいません」

こうして口にすることで、悲しさと淋しさがこみあげてくる。その一方で、自分の置かれている立場を俯瞰《ふかん》することができた。

「それでも……俺は帰らないといけないんです」

鼻の奥がツーンとなり、涙腺が緩みそうになる。でも、姉妹の前で泣くのは格好悪いので、奥歯を強く嚙んでなんとかこらえた。

「どうしても、行ってしまうんですね」

「啓太くん……うっぅぅっ」

ふいに礼子が涙ぐみ、裕子はいきなり嗚咽を漏らしはじめる。

二人を悲しませて申しわけないと思うが、同時に嬉しい気持ちにもなった。美人姉妹に別れを惜しまれて、ここでは自分が必要とされているのだと思えた。

「すみません……散々、お世話になっておきながら」

本当はずっと彼女たちと暮らしたい。啓太は最高の快楽を堪能できるし、礼子と裕子も一時的に幸せな気分に浸れるだろう。

でも、啓太がどんなにがんばったところで、哲也になることはできない。所詮、彼の代わりでしかないのだ。

二人が愛した哲也は二度と帰ってこない。それでも、彼女たちは自分たちを責めて、彼の帰りを待ちつづけている。これ以上、彼女たちの苦悩を長引かせるわけにはいかない。誰かが終わらせてあげなければならなかった。

礼子も裕子も涙を流している。だが、啓太の強い思いが伝わったのか、無理に引き留めようとしなかった。

「でも、最後の望みを叶えさせてください」

「思い出を作りたいんです」

姉妹に懇願されて、啓太は望みを聞く前に頷いた。

これで永遠のお別れになるのだ。どんなことでも叶えてあげたい。二人が幸せになれるのなら、すべてを捧げても構わないと思った。

「わたしとゆうちゃんを……」

「いっしょに……愛してほしいんです」

二人の心は固い絆で結ばれているのだろう。姉妹は相談することなく、ひとつの願いを口にした。

「それって、もしかして……」

戸惑って聞き返すと、礼子が静かに首肯する。

「夫とはできなかったことです」

姉妹は三人での交わりを強く望んでいた。

「どちらかを選べないのなら、二人とも愛してほしい」

二人の気持ちはひとつだった。

本当は亡くなった夫に望んでいたことなのだろう。そこまで言われたら断れるはずがない。啓太は彼女たちのためを思って力強く頷いた。

3

仏壇の前に敷かれた布団に啓太は横たわっていた。

彼女たちの好きなようにさせてあげる約束だ。とはいっても、窓から日の光が差しこんでいるなかで、全裸で仰向けになるのは少々恥ずかしかった。

美人姉妹の視線が全身を這いまわる。めったに経験できることではないだろう。心は最高潮に興奮しているが、体は極度に緊張しているため、剝きだしのペニスは力なく垂れさがっていた。

すぐ横にある仏壇はもちろん、棚に置かれた哲也の遺影も気になった。

申しわけない気持ちが湧きあがる。その一方で、これから二人と交わると思うと、異様なほど背徳感が煽《あお》られるのも事実だった。

「あなたの前でするのね」

礼子が遺影に向かって話しかけた。

やはり彼女も意識しているのだろう。それでも、両手を背中にまわしてファスナーをおろしていく。ノースリーブのワンピースを脱ぐと、身に着けているのは地味なベージュのブラジャーとパンティだけになった。

「そんなに見られたら……脱げません」

ひとり言のようなつぶやきは、哲也に向けられたものなのか、それとも啓太に向けられたものだろうか。

礼子はしばらくもじもじしていたが、ついにブラジャーのホックを外した。途端に釣鐘形の大きな乳房が溢れ出す。白くて滑らかな柔肌が、鮮やかな紅色の乳首を際立たせていた。

さらに礼子はパンティもおろしはじめる。豊満なヒップを左右に揺すりながら薄布を滑らせると、つま先から交互に抜き取った。

淑やかな未亡人の恥丘には、漆黒の秘毛が色濃く茂っていた。雪白の肌とのコントラストに惹きつけられる。熱い視線を感じるのだろう、礼子は内腿をぴったり閉じて、恥ずかしげに腰をくねらせた。

「おおっ……」

啓太は思わず腹の底から唸った。

まだ午前中だというのに、礼子は熟れた柔肌を露わにしている。適度に脂が乗った女体は、眺めているだけで溜め息が漏れるほど神々しかった。

「わたしのことも、見てくださいね」

姉に刺激されたのか、裕子もブラウスのボタンを外しはじめた。

前がはらりと開き、純白のブラジャーが露出する。やはり飾り気のないシンプルなデザインだが、カップから溢れんばかりの柔肉が素晴らしい。平らな腹に見える小さな臍も愛らしかった。

照れ笑いを浮かべながらフレアスカートもおろしていく。パンティはブラジャーとお揃いの純白だった。

「明るいと、ちょっと恥ずかしい」

裕子は頬を染めつつブラジャーのホックを外し、おずおずと乳房を露わにした。

柔らかく揺れているが、張りのある瑞々しい膨らみだ。薄桃色の乳首は、重力に逆らうようにツンと上を向いていた。

彼女のほっそりした指が、パンティのウエストにかけられる。視線を意識しているのか、時間をかけてじりじりとおろしていく。恥丘が見えてくると、啓太は無意識のうちに生唾を呑みこんだ。

肉厚の恥丘を、うっすらとした秘毛が彩っている。猫毛のように細い繊毛が、形ばかりそよいでいた。縦に走る溝が透けており、股間の奥へとつづいている。つい彼女の熱く潤んだ割れ目を想像してしまう。

肌理の細かな肌は姉妹で似ているが、全身のフォルムは違っていた。

三十三歳、女盛りを迎えた礼子は、うっすらと脂を纏って心なしか丸みを帯びている。見るからに柔らかそうで、包みこむような温かみが感じられた。

一方、二十八歳の裕子は、若い肌の張りを保っている。姉より若干細身で、締まった身体つきだ。全体的に艶があって陶磁器のように輝いていた。

(二人が裸で目の前に……こんなことが……)

気づくと鼻息が荒くなっていた。

なにしろ、美人姉妹が並んで見事な裸体を晒しているのだ。この状況で興奮しないはずがない。ところが、あまりにも現実離れした状況に置かれているためか、ペニスはうんともすんとも言わなかった。

「たっぷり楽しみましょうね」

礼子が静かに歩み寄り、下半身にまわりこむ。そして、脚の間で正座をすると、左右の膝にそっと手のひらを重ねてきた。

「いっぱい、気持ちよくなってね」

裕子も添い寝をしてくる。裸体をぴったり寄せて、息が吹きかかる距離で囁きかけてきた。

「は、はい……よろしくお願いします」

もちろん異存はなかった。

これが最後の交わりになる。しかも、彼女たちの願いを叶える三人での情交だ。決して忘れることのない濃厚な時間にしたかった。

「啓太さん……んっ」

前屈みになった礼子が、太腿に唇を押し当ててきた。

「うっ……」

柔らかい唇が軽く触れただけで、電流のような快感が走り抜ける。さらに小鳥がついばむようにキスされて、唇が徐々に股間へと近づいてきた。

もうすぐペニスに到達する。そう思ったのだが、あっさり通過して反対側の太腿に移動してしまう。そして、再びキスの雨を降らされるのだ。期待させておいて、直前ではぐらかす。焦らされたことで、まだ柔らかい男根がピクッと反応した。

「わたしも、啓太くんのこと……んぅっ」

添い寝をしている裕子も、胸板に唇を押しつけてくる。軽く触れるだけのキスだが、その微妙な感触がたまらない。皮膚の表面をくすぐられているようで、もっと触って欲しくなる。

「うっ……ゆ、裕子さん」

目で訴えかけるが、彼女は決して強く触れてくれない。掠める程度の接触で、胸板をそっと撫でるだけだ。しかも、確実に乳首を避けて、大きく円を描くように愛撫していた。

その間も、礼子が太腿にキスをしている。ペニスに近づいたと思ったら、すっと遠ざかることを繰り返していた。

「ふ、二人がかりで……うぬぬっ」

股間に血液が流れこんでいくが、まだ完全には勃《た》っていない。これだけ昂っているのに、いまだに緊張が先行している状態だった。

「時間はたっぷりありますから」

「そうですよ。いっぱい焦らしてあげますね」

姉妹の息はぴったりで、ペニスと乳首を避けた際どい愛撫を延々と施される。もう触れてほしくてたまらない。無意識のうちに腰がくねりはじめた。

「ここに触ってほしいですか？」

礼子が半勃ちのペニスに息を吹きかけながら尋ねてくる。そして、啓太の脚を大きく開かせると、カエルを仰向けにしたような格好にした。

内腿を晒して、股間もすべて丸見えの状態だ。無防備で不安になってくるが、内腿にキスされるとゾクッとする快感に脳髄が痺れた。

「ううっ……」

「こういうのもお好きなんですね」

敏感な内腿に唇を這わせて、股間へと這いあがってくる。やさしくキスしたり、柔らかい皮膚を吸ったりと、様々な刺激を送りこんできた。

やがて内腿の付け根に到達すると、ペニスの根元との境目に舌を這わせてくる。すでにここまでの愛撫で、全身が敏感になっていた。それなのに、際どい刺激しか与えられなかった。

「くッ、ううッ、お、俺、もう……」

焦燥感ばかりが募り、体はさらなる愛撫を求めていた。ところが、今度は裕子が乳首に唇を寄せてきた。

「こっちも欲しいですか……ふぅっ」

乳首を熱い吐息でくすぐってくる。ようやく舐めてもらえると思ったが、すっと離れて首筋に吸いついてきた。

「おうッ！」

予想外の刺激に声が漏れてしまう。首を舐められただけで、声を抑えられなくなっていた。

「首も性感帯なんですよ」

どこか楽しげに語りながら、首や耳の裏側、それに鎖骨にも唇を這わせてくる。舌で舐められると、ゾクゾクするような快感が湧き起こった。

「れ、礼子さん……裕子さん……」

「我慢できなくなってきましたか？」

「たまらないって顔してますね」

ペニスと乳首を焦らされつづけて、もう我慢できなくなっている。必死になって頷くと、二人は嬉しそうな含み笑いを漏らした。

「じゃあ、してあげます」

「声を出してもいいですよ」

礼子が亀頭を咥えこむのと、裕子が乳首にしゃぶりつくのは同時だった。

「おううぅッ！」

たまらず呻き声が溢れ出す。二箇所に刺激を受けて、雷に打たれたような凄まじい快感がひろがった。

「はむっ、どんどん硬くなってきました」

ペニスを頬張ったまま、礼子がくぐもった声でつぶやいた。

柔らかい舌で亀頭をヌルヌル舐めまわし、唇でカリ首を締めつけている。太幹を少しずつ呑みこみ、砲身全体が唾液でコーティングされた。

「そ、そんなに奥まで……くううっ」

たまらず唸ると、礼子はゆったり首を振りはじめる。もはやペニスが完全に屹立していた。

「おっ、おおっ」

「こっちはどうですか？」

裕子に吸われている乳首も、恥ずかしいくらいに尖り勃っている。舌が這いまわるたびに痺れるような快感がひろがり、乳輪まで硬く隆起していた。

「き、気持ちいいです……くおッ！」

前歯で甘嚙みされて、新たな愉悦が突き抜ける。フェラチオされると同時に、乳首も吸われているのだ。全身が燃えあがり、頭のなかまで沸騰した。

「ぬううッ、ぬおおおッ」

もうまともな言葉を話す余裕はない。ただ獣のような声を振りまき、腰を右に左によじらせる。焦らされた後の快感は凄まじく、とてもではないがじっとしていられなかった。

「あふっ……はむっ……うふンっ」

股間では礼子が首を振り、唇で太幹を擦りあげていた。

棍棒のように硬くなった男根を、柔らかい口唇で念入りにしゃぶられる。唾液をたっぷりまぶされて、ヌルリッ、ヌルリッとしごかれるのは、ペニスが蕩けそうな快楽だった。

「すごく硬くなってます……あふううっ」

「ううッ、き、気持ちいい」

「ああンっ、お汁がいっぱいです、ああンっ」

大量の我慢汁が溢れているが、礼子は構うことなく亀頭の先端まで舐めまわしてくる。両手で根元を掲げ持ち、舌先で尿道口をくすぐってくるのだ。

「くうッ、そ、そこ……」

「ここがいいんですね」

感じる場所を見つけて集中的に責めてくる。舌をこじ入れる勢いで舐めたかと思うと、亀頭の先端に唇を密着させて吸引した。

「あむううぅッ！」

「ちょっ、ちょっと、うおおおおッ！」

我慢汁が吸いだされて、凄まじい快感が沸き起こる。魂まで震えるほどの鮮烈な刺激だ。肉柱はますますそそり勃ち、次から次へとカウパー汁を分泌した。

「ああっ、すごいです……はむンっ」

礼子は再びペニスを咥えこみ、ゆったりと首を振りはじめる。スローペースの口唇ピストンで、全身に愉悦が蔓延《まんえん》していた。

「くうッ、れ、礼子さん、ううぅッ」

早くも汗だくになり、射精感が膨らんでいる。懸命に耐えていると、今度は裕子の愛撫に熱が籠もってきた。

「こっちも感じますか？」

舌を伸ばして、乳輪をじっくり舐めまわしている。啓太の顔を見あげながら、舌先でくすぐってくるのだ。

「は、はい、感じます、ぬううッ！」

答えた直後、乳首をピンッと弾かれた。鮮烈な快感がひろがり、全身の筋肉が硬直する。それでも彼女は構うことなく乳首に吸いついた。

「もっと感じていいんですよ」

乳輪ごと吸引して、尖り勃った乳首に前歯を立ててくる。甘噛みの痛痒い刺激が股間に伝わり、フェラチオの快感がより大きくなった。

「ううッ、す、すごい、それ以上されたら……」

いつまで耐えられるか自信がない。二人がかりでの愛撫で、啓太は瞬く間に追いこまれていた。

「おおおッ、も、もうヤバイですっ」

射精感の波が迫っている。必死に訴えると、礼子が股間から顔をあげて、裕子も乳首から唇を離した。

「うぅっ……そ、そんな……」

つい不満げな声を漏らしてしまう。もう少しで射精できたのに、頂上が見えたところで梯子を外された気分だった。

「今度は、わたしたちも……」

「お願いしてもいいですか？」

礼子と裕子が潤んだ瞳で見おろしてきた。

啓太に愛撫を施したことで昂っていたらしい。頬がほんのり火照っており、ハアハアと呼吸を乱している。二人とも内腿をもじもじ擦り合わせて、乳首をあからさまに尖り勃たせていた。

しかし、どうやって二人を相手にすればいいのだろう。戸惑いを隠せずにいると、礼子が股間にまたがってきた。

「啓太さんは、そのままでいいですよ」

「あ、あの……」

「わたしが上になりますね」

両膝をシーツにつけた騎乗位の体勢だ。太幹に手を添えると、亀頭を膣口に誘導する。先端が軽く触れただけで、陰唇がクチュッと湿った蜜音を響かせた。

「くっ……もう、こんなに」

「だって、啓太さんのをおしゃぶりしたら……はああンっ」

ゆっくり腰を落としこみ、亀頭を膣口に迎え入れる。肉唇が開いた途端、華蜜が溢れだして、肉柱をぐっしょり濡らしていった。

「ああっ、大きい」

「れ、礼子さんのなかに……」

股間を見おろせば、礼子のなかにペニスの先端が埋まっている。秘毛が濃く茂った彼女の下腹部に、己の男根が突き刺さっていた。

「熱くて硬いです……あっ……あっ……」

彼女はさらに腰を下降させる。乳房を揺らしながら、豊満な尻をじわじわ落として、屹立した肉柱を呑みこんでいった。

「き、気持ち……うぐッ」

射精感をこらえるため、奥歯を食い縛って尻穴を引き締める。あっさり達して姉妹を落胆させることだけは、なんとしても避けなければならなかった。

「はううっ、これ……これが欲しかったの」

股間がぴったり密着すると、礼子は呆けたようにつぶやいた。

反り返ったペニスがすべて収まり、膣道を拡張している。先端は最深部にまで達して、子宮口を圧迫していた。

「お姉ちゃん、気持ちよさそう」

裕子が羨《うらや》ましそうにつぶやき、物欲しげな瞳を啓太に向けてくる。発情を隠そうともせず、膝立ちの姿勢で腰をくねらせていた。

「す、すみません……後で、必ず……」

そう言うしかなかった。礼子だけで終わるわけにはいかない。なんとか射精をこらえて、裕子も満足させるつもりだった。

「うん……でも、その前に……」

裕子はそう言うと、いきなり顔をまたいできた。逆向きなので、姉妹で顔を付き合わせる格好だ。啓太の目の前には、愛蜜にまみれたミルキーピンクの恥裂が迫っていた。

「なっ……なにを？」

「見てるだけなんて……ねえ、お願い」

裕子が腰を落としこんでくる。陰唇が近づき、否応なく唇を塞がれた。

「ちょ、ちょっと――うむっ」

猛烈に牝のフェロモンが漂っており、反射的に唇を開いてむしゃぶりつく。熱く潤んだ肉唇は、半分溶けかかっているかと思うほど柔らかかった。

「ああッ、嬉しい」

彼女の悦ぶ声が、啓太の背中を後押しする。舌を伸ばして割れ目を舐めると、顔を挟みこんでいる内腿に震えが走った。

「はああッ、い、いいっ」

愛蜜の量が増えて、口のなかに流れこんでくる。反射的に飲みくだせば、淫らな気分に拍車がかかった。

「ゆ、裕子さん、うむぅっ」

彼女が腰を振るため、ときおり鼻まで塞がれて息苦しい。それでも、感じてもらおうと必死で舌を動かした。

「ああッ、啓太くん、気持ちいいです」

裕子の喘ぎ声が聞こえてくる。尖らせた舌を埋めこむと、さらに愛蜜の分泌量が多くなった。

「わたしも、気持ちいい……はああッ」

股間にまたがっている礼子も、腰の動きを大きくする。ペニスを根元まで挿入した状態で、腰を前後にしゃくりはじめた。

「あッ……あッ……いい、すごくいいです」

「ううッ、お、俺も……うむッ」

陰唇をしゃぶっているので、くぐもった声になる。すると、振動が伝わるのか、裕子の悶え方が大きくなった。

「あンンッ、わたしもいい、はああンッ」

「ゆうちゃん、感じてるのね……ああぁッ」

妹のよがる姿を目の当たりにして、向かい合っている礼子の膣がキュウッと収縮する。その結果、膣襞が太幹に絡みつき、反射的に腰を突きあげながら、裕子の女壺を吸いたてた。

「あううッ、つ、強いです」

「ああッ、そんなに吸われたら」

姉妹の喘ぎ声が交錯する。こうして快感が連鎖して、相乗効果で全員の快感が高まっていく。啓太も息苦しさに呻きながら、全身が震えるほど感じていた。

美人姉妹による顔面騎乗と騎乗位を同時に受けているのだ。かつてないほど興奮のなかで、懸命にペニスを突きあげて、蕩けた陰唇をしゃぶりつづけた。

「あッ、あッ、いいっ、いいですっ」

「ああンッ、も、もっと、あああッ」

彼女たちの喘ぎ声が鼓膜を通してペニスに響き渡る。凄まじい快感の波が押し寄せてくるが、まだ達するわけにはいかない。懸命にこらえて腰を振り、割れ目を舐めまくって姉妹に快感を送りこんだ。

「はああッ、もうダメですっ、あああッ、あぁあああああああッ！」

「ああッ、お姉ちゃん、わたしも、あああッ、はああああああッ！」

礼子が昇り詰めると同時に、裕子もよがり泣きを響かせる。姉妹は息を合わせて腰を振り、啓太にまたがった状態でアクメを貪った。

二人は女体を仰け反らせて、二度、三度と痙攣すると、力尽きたようにぐったり倒れこんだ。啓太の両脇に横たわり、胸を激しく喘がせている。言葉を紡《つむ》ぐ余裕もなく、絶頂の余韻に浸っていた。

こんな経験は二度とできないだろう。凄まじい快感だったが、奇跡的に最後まで耐えきった。

「今度は俺の番ですね」

ペニスはいきり勃ったままで、たっぷりの愛蜜を浴びてヌメ光っている。啓太は体を起こすと、まだ動けない二人を見まわした。

「後ろから突かれるのがお好きでしたよね」

四つん這いになるようにうながせば、アクメの余韻を引きずったまま、姉妹は期待に瞳を潤ませて従った。

並んでシーツの上で獣のポーズになり、ヒップを高々と突き出した。右には礼子の豊満な尻、左には裕子の瑞々しい尻がある。甲乙つけがたい双つのヒップが、貫かれるのを待ってゆらゆら揺れていた。

「また、挿《い》れてもらえるんですね」

「ああっ、啓太くん、早く欲しいです」

礼子と裕子が振り返り、熱っぽい視線を向けてくる。とくに裕子はまだペニスを味わっていないので、飢えた女豹のような瞳になっていた。

「では、約束どおり」

啓太は裕子の背後にまわりこみ、張りのある双臀を抱えこんだ。

「はあンっ、もう我慢できません」

尻たぶを軽く撫でただけで、裕子の唇から甘い声が溢れ出す。待ち焦がれて、くびれた腰をくねらせた。

尻たぶを割り開けば、華蜜を滴らせたミルキーピンクの割れ目が露わになる。逞しい肉棒を欲して、陰唇がウネウネと蠢いていた。見ているだけで、啓太のペニスからも我慢汁が溢れ出す。なにしろ、まだ発射していないのだ。もう一刻の猶予もないほど昂っていた。

「いきますよ……ふんんっ！」

割れ目に亀頭をあてがうなり、欲望にまかせて挿入を開始する。腰を少し押し出すだけで、陰唇はいとも簡単に男根を受け入れた。

「はああッ、嬉しい、ああああッ」

我慢できないのは裕子も同じだ。女壺はペニスを瞬く間に呑みこんでいく。大量の愛汁が溢れだし、シーツの上に垂れ落ちた。湿った音が淫らがましく響き渡り、なおのこと気分が盛りあがった。

「ぬううっ、どんどん入りますよ」

「き、来て、もっと来てぇっ……あうンンッ！」

最後までズンッと叩きこむと、彼女の背中が反り返り、尻たぶに小刻みな震えが走り抜けた。どうやら、軽い絶頂に達したらしい。それほどまでに男根を求めていたのだろう。挿入しただけで昇り詰めてしまった。

「ああっ……すごくいいです」

でも、まだ満足したわけではない。振り返った彼女の瞳は、力強いピストンを求めていた。

「たっぷり突いてあげますよ」

細い腰を摑み直すと、さっそく抽送を開始する。亀頭が抜ける寸前まで後退させて、再び一気に根元まで叩きこんだ。

「ふんんッ！」

「ひあああッ、つ、強いです」

甲高い声をあげて訴えてくる。それでも、女体をぶるぶる震わせて、感じているのは間違いなかった。

「強いのはお嫌いですか？」

尋ねながらも腰を振る。いきなりのハイペースで、尻たぶをパンパン鳴らす。鋭いカリで膣壁を抉り、亀頭の先端で子宮口を叩きまくった。

「あッ、あッ、す、好き、強いの好きです」

裕子は快楽に呑みこまれて、喘ぎまじりにつぶやいた。首が据わらない感じで黒髪を振り乱し、腰をくなくなよじっている。全身から力が抜けているようだが、膣だけは猛烈に締まっていた。

「ううッ、すごくきついですよ」

「だ、だって、啓太くんのが気持ちよすぎて……あああッ」

絶頂が近づいているのか、喘ぎ声が大きくなる。両手でシーツを握りしめて、切なげな瞳で振り返った。

「はああッ、また……また来ちゃうっ」

「い、いいですよ、好きなときにイッてください、ぬおおおッ！」

ここぞとばかりに腰を振りまくる。ペニスを高速で抜き差しして、一気に追いこみにかかった。

「ああッ、もう、あああッ、もうダメですっ」

「イキそうなんですね、イッていいんですよ！」

「はああッ、い、いいっ、またイッちゃう、イクっ、イックうううッ！」

ついに裕子が絶頂を告げながら、桃源郷《とうげんきょう》の彼方へと昇り詰めていく。全身を波打たせて、ペニスを思いきり食い締める。よがり声とともに、唇の端から透明な涎が溢れて滴り落ちた。

「うぬぬッ……ま、まだまだ……」

啓太は全身の筋肉を力ませて、なんとか射精を抑えこんだ。

本当は出したくてたまらない。しかし、隣の礼子が今にも泣きだしそうな顔で見ているのが、視界の隅に入っていた。彼女を置き去りにして、自分だけ発射するわけにはいかなかった。

ペニスをズルリと引き抜けば、裕子はうつ伏せに倒れこんだ。ほとんど気を失った状態で、もはやひと言も発しなかった。

「け……啓太さん」

礼子が掠れた声で呼びかけてくる。妹の絶頂がよほど羨ましかったのか、それとも亡くなった夫のことを思い出したのかもしれない。とにかく、誘うように揺れる腰を見れば、発情しているのは明らかだった。

「わたしも……お願いします」

「俺も、礼子さんとしたいです」

彼女の背後に移動すると、裕子の愛蜜にまみれたペニスをサーモンピンクの陰唇に押し当てる。ゆっくり腰を繰り出せば、亀頭が割れ目に沈みこんだ。

「はうぅッ……嬉しい」

礼子がしみじみとつぶやいた。

ほんの一瞬、彼女の瞳が仏壇の位牌に向けられる。夫の遺影の前で貫かれて、かつての情交を思い出しているのだろう。

「今だけは、俺のことを考えてください」

啓太はくびれた腰を摑み、根元までゆっくり押しこんだ。

「ああぁッ、わ、わかりました」

ペニスで女壺を満たしてやれば、背中を反らしながら振り返る。見つめてくる瞳は熱が籠もっており、もう啓太のことしか見ていなかった。

膣襞が歓迎するように蠢き、太幹に絡みついてくる。膣口は思いきり収縮して、肉柱の根元をしっかり食い締めていた。奥から湧きでてくる華蜜が、男根全体を濡らしていく。彼女に包まれていることを実感して、多幸感が胸にひろがった。

「う、動いて……動いてください」

礼子が掠れた声で訴えてくる。啓太は小さく頷くと、くびれた腰をしっかり掴み直した。

「はンンっ……あっ……あっ……」

男根をゆっくり後退させることで、カリが膣壁を擦りあげる。絡みついてくる襞を振り払い、じりじりと摩擦した。そして、再びスローペースで押しこんでいく。根元まで挿入すると、尻たぶがひしゃげるほど腰を密着させた。

「あううッ、お、奥まで……」

亀頭の先端が行き止まりに達している。子宮口を刺激したことで、女壺の反応が顕著になった。膣道全体のうねりが大きくなり、突然、太幹をこれでもかと締めあげてきた。

「うぬぬッ、こ、これはすごい」

ここまで耐えに耐えてきたので、全身が過敏になっている。もはやカウパー汁がとまらず、無意識のうちに再びペニスを後退させていた。

「ああッ、気持ちいいです」

礼子が感じてくれるから、啓太の愉悦も大きくなる。思いきり突きまくりたい衝動がこみあげるが、少しでも長く繋がっていたい。燃えあがる欲望を抑えこみ、焦れるほどの速度で抽送した。

「お、俺も……ううッ、気持ちいい」

引き抜くときは華蜜を掻きだし、挿入するときには陰唇を巻きこんでいく。礼子は黒髪を振り乱し、熟れた尻を左右に振りはじめた。

「もっと、ああンっ、もっとください」

切実な声だった。今にも泣きだしそうな声で懇願されて、啓太も我慢できなくなってくる。腰の動きを少し速めるだけで、快感は二倍にも三倍にも膨れあがった。

「くおおッ、すぐ我慢できなくなりそうです」

「あッ……ああッ……わ、わたしもです」

未亡人が夫の遺影の前で喘いでいた。

これほど刺激的かつ背徳的な光景はなかった。啓太からは獣のポーズで尻を振る礼子の姿も、哲也の位牌と遺影も見えている。礼子は全裸で四つん這いになり、背後から夫以外のペニスで貫かれて感じていた。

「許して……あなた、許してください」

礼子が遺影に向かって謝罪する。涙まで流して不貞に走ったことを詫びていた。それでいながら、女壺は嬉しそうにペニスを咥えこみ、まるでしゃぶるように膣襞がうねっていた。

「旦那さんに悪いと想いながら、俺のチ×ポで感じてるんですね」

声をかけながら腰の振り方を大きくする。張りだしたカリで抉《えぐ》るように、膣壁を意識的に擦りあげた。

「あひぃッ、つ、強いですっ」

裏返った嬌声をあげて、礼子が訴えてくる。それでも、啓太は抽送を緩めることなく、かえってパワフルに男根を打ちこんだ。

「奥が感じるんですよね……ふんッ!」

「あああッ! そ、そこダメです」

女体が力んで震えが走る。汗ばんだ全身から牝のフェロモンが立ちのぼり、牡の獣性が刺激された。

「旦那じゃなくても、感じていいんですよ」

「そんな、わたし……ああッ、悪い女になってしまいます」

「今さらなにを言ってるんです。もう何回もしてるじゃないですか」

彼女を自分だけのものにしたいという気持ちが強かった。

振り向かないとわかっているから、追いかけたくなるのだろう。サディスティックな気分になり、奥を重点的に責め立てる。硬直した肉柱をリズミカルに抜き差しして、亀頭の先端で子宮口を叩きまくった。

「ああッ……ああッ……そこばっかり、あああッ」

喘ぎ声がどんどん高まっていく。礼子が感じているのは明らかだ。絶頂が近づいているのか、膣襞の動きも激しくなってきた。

「ぬおおッ、こ、これは！」

ペニスを猛烈に絞りあげられて、カウパー汁が大量に溢れ出す。たっぷりの愛蜜と混ざり合うことで、さらに滑りがよくなった。結果としてピストンスピードがアップして、女壺を思いきり掻きまわした。

「はああッ、い、いいっ、あああッ、いいですっ」

ついに礼子の唇から、あられもないよがり声が迸る。真っ昼間だというのに、快楽にまみれた喘ぎ声が旅館中に響き渡った。

「も、もうダメだっ」

先に根をあげたのは啓太だ。彼女たちのために、ここまで奇跡的に耐えてきた。ひとりよがりのセックスではない。最後に姉妹へ悦びを与えることが、恩返しになると信じていた。だが、さすがにもう限界だった。

「礼子さんっ、俺、もう……ぬおおおッ」

本能のままに腰を振りたてる。わけのわからない雄叫びをあげながら、媚肉のなかにペニスを突きこんだ。

「ああッ、あああッ、わたしも、はあああッ」

礼子の喘ぎ声も大きくなった。くびれた腰をよじり、熟れた尻をたまらなそうに振りたてる。膣襞のうねりも凄まじく、ペニスを奥へ引きこむように蠕動《ぜんどう》した。

「くおおッ、ぬおおおおッ」

もはや意味のある言葉を紡ぐ余裕はない。ただ獣のように唸りながら、男根の出し入れを繰り返した。

「はあああッ、いいっ、いいですっ、あああああッ、もうダメぇっ」

自分の身体を支えられなくなり、礼子が前方に倒れこむ。女壺はペニスを咥えこんでいるので、必然的に〝寝バック〟の状態になっていた。啓太はピストンを緩めることなく、そのまま全力で突きまくった。

「おおおッ、おおおおおッ！」

「ああッ、こんな格好で、はあああッ！」

礼子はうつ伏せの状態でシーツを掻きむしり、尻たぶに痙攣を走らせる。男根を締めあげて、甲高い嬌声を振りまいた。

「うぬぬッ、もうっ、もう出そうですっ」

初めての寝バックで懸命にピストンする。女体を押し潰す勢いで、思いきり腰を振りたくった。

「はああぁッ、いいっ、いいっ、あああぁッ」

「で、出るっ、出る出るっ、ぬおおおおおおッ！」

ついに膣奥で男根が脈打ち、ザーメンが尿道を駆け抜けた。亀頭の先端から灼熱《しゃくねつ》の粘液が飛び出し、一瞬で子宮口を灼《や》きつくす。その直後、女体がビクンッと大きく跳ねあがった。

「ひああッ、わたしも、イクッ、イクイクッ、あああぁッ、イッちゃううぅッ！」

礼子のよがり声が響き渡る。絶頂を告げながらペニスを締めつけると、一気に桃源郷の彼方へと駆けあがった。

二人は目も眩《くら》むようなオルガスムスに包まれて、達した後もねちねちと腰を振りつづけた。啓太が肉棒を押しこめば、礼子は女壺をうねらせて締めつける。

この快楽を終わらせたくない。

不思議と相手の気持ちがわかった。口にこそ出さないが、啓太も礼子も同じことを思っていた。

それでも、終焉《しゅうえん》のときはやってくる。

この世のものとは思えない愉悦を味わい、満足したペニスが急速に萎えていく。やがて、女壺からヌルリと抜け落ちて、とうとう結合が解けてしまった。

「ああン……」

礼子の唇から淋しげな声が漏れて、ぽっかり口を開けたままの蜜壺からは、湯気をたてた白濁液が溢れだした。

「啓太さん……わたし、悪い女です」

ひとり言のようなつぶやきだった。礼子はうつ伏せのまま、シーツに頬を押し当てていた。

隣には裕子も倒れこんでいる。睫毛を伏せて、悲しみをこらえるように下唇を噛みしめていた。

「あなたたちは悪くない。もう苦しまなくていいんです」

啓太が声をかけると、姉妹が息を呑む気配があった。そして、二人はこらえきれない嗚咽を漏らして肩を震わせた。

エピローグ

昼過ぎ、啓太は宇津井亭の前に立っていた。

空は気持ちよく晴れ渡り、湖はこれまでにないほど穏やかだ。風がほとんどないので、湖面は鏡のように輝いていた。

ジーパンにブルゾン、肩から小型のショルダーバッグをさげている。もともと荷物は少なかった。ここに流れ着いたときと同じ格好だ。しかし、気持ちはあの日とまったく違っていた。

「礼子さん、裕子さん……本当にお世話になりました」

こみあげてくるものをこらえて、深々と腰を折った。

礼子と裕子は宇津井亭を背にして立っている。二人とも微笑を浮かべているが、瞳には涙を湛えていた。

草むしりをしたので、旅館の前はすっきりしている。これなら営業しているように見えるが、彼女たちにとってはあまり意味のないことだったかもしれない。

「本当に行ってしまうんですね」

「もう少し、居てくれればいいのに……」

礼子がぽつりとつぶやき、裕子は拗ねたように唇を尖らせた。

姉妹は別れを惜しんでくれる。でも、いつまでも居座るわけにはいかない。彼女たちが新たな一歩を踏みだすために、啓太は立ち去ることを選んだ。それが最善の選択だと信じていた。

「俺、がんばります、だから……」

口が裂けても、がんばれとは言えなかった。

二人はずっと苦しんできた。自分たちが愛する者を死に追いやってしまったと、罪の意識に苛《さいな》まれてきたのだ。もう楽にしてあげたい。唯一、啓太にできるのは、静かに消えることだけだった。

「東京に帰るのですか」

礼子に尋ねられてしっかり頷くと、彼女は目をまっすぐ見つめてきた。

「きっと大丈夫、すべて上手くいきます」

力強い言葉だった。それだけで元気が湧いてくるから不思議だった。

「わたしも、応援してます」

裕子も声をかけてくれた。

瞳から大粒の涙が溢れている。次々とこぼれて頬を濡らすが、彼女は拭おうとしなかった。

「啓太くんのこと、ずっと……ずっと応援してます」

熱い気持ちが伝わり、啓太も思わず涙ぐむ。笑顔で別れると決めていたのに、涙をこらえきれない。

「ありがとう……ございます」

震える声で告げると、二人を交互に見やった。

「お別れです」

もう二度と会うことはない。だから、彼女たちの姿をしっかり目に焼きつけておきたかった。

「啓太さん、ありがとうございます。夫とできなかったことを、すべて叶えることができました」

礼子がしみじみと語りかけてくる。瞳の奥には微塵の後悔も感じられない。口調こそ穏やかだが、強い決意が滲んでいた。

「啓太くんといっしょに過ごせて……本当に嬉しかったです。わたし、絶対に忘れません」

裕子もどこかすっきりした顔をしている。もう宇津井亭でやり残したことはないのだろう。姉妹揃って、いい表情になっていた。

「さようなら」

小さく手を振ると、彼女たちも手を振り返してくれる。胸が熱くなり、またしても涙がこぼれ落ちた。

「お、俺……絶対にがんばるから」

涙声で告げると、とにかく大きく手を振った。

礼子も裕子も泣いている。それでも、涙を流しながら懸命に笑っていた。

胸にあるのは感謝の気持ちだけだ。啓太は背を向けると、幹線道路に抜ける獣道に入った。

雑草を掻きわけながら一歩踏みだしたそのとき、背後でチャポンッと水の音が聞こえた。直後に振り返るが、すでに姉妹の姿はなく、凪《な》いでいた湖にふたつの波紋がひろがっていた。

啓太が草刈りをしてすっきりしたはずの旅館のまわりは、来たときのように荒れ放題になっていた。この数日間の出来事が嘘だったように、かつて繁盛していた宇津井亭の古びた建物だけが、生い茂る雑草の向こうにたたずんでいた。

啓太は再び前だけを向いて獣道を進んだ。幹線道路に出ると、記憶を辿りながらバス停を目指した。

（それにしても……）

じつに不思議な体験だった。

哲也の位牌を思い出す。戒名の脇に彫りこまれていた没年月日は、四十年前のものだった。

ということは、礼子と裕子も……。

気づいたときは驚いたが、なぜか恐怖は感じなかった。二人に救われたせいか、意外とすんなり受け入れることができた。

あの湖の畔で、姉妹は愛する人を待ちつづけていたのだ。罪の意識を抱えこみ、哲也の死を受け入れられずにいたのだろう。

啓太は東京から逃げ出してきた。自分にできることなど高が知れている。それでも精いっぱい、彼女たちの願いを叶えたつもりだ。これで未練なく、愛する人のもとへ行けただろうか。

――きっと大丈夫。すべて上手くいきます。

――わたしも、応援してます。

姉妹の言葉が耳の奥に残っている。目を閉じれば、瞼の裏に礼子と裕子の笑顔がはっきり浮かんだ。

（もう一度……）

逃げ出したままで終わりたくない。東京に戻って、がむしゃらにがんばってみるつもりだ。

もう自分はひとりではない。なにかあっても、きっと二人が守ってくれる。そんな気がしてならなかった。

（了）

＊本作品はフィクションです。作品内に登場する人名、地名、団体名等は実在のものとは関係ありません。

長編小説

ふしだら森《もり》の未亡人《みぼうじん》

葉月奏太《はづきそうた》

2016年10月26日　初版第一刷発行

ブックデザイン……………………　橋元浩明（sowhat.Inc.）

発行人……………………………………………… 後藤明信
発行所………………………………… 株式会社竹書房
〒102-0072　東京都千代田区飯田橋２－７－３
電話　03-3264-1576（代表）
03-3234-6301（編集）
http://www.takeshobo.co.jp
印刷・製本…………………………… 凸版印刷株式会社

ISBN978-4-8019-0885-7　C0193